In 50 Tagen zur Mrs. Grey

Cassandra Day

Cassandra Day

c/o Papyrus Autoren-Club

Pettenkoferstr. 16-18

10247 Berlin

Edition Wilde Wölfe

Wölfchen Verlag

Radebergstraße 22

28857 Syke

www.wilde-woelfe.de

www.woelfchen-verlag.de

Cover: istockphoto.com, © mind-games, © BandidoImages

D ISBN-978-3-943406-97-9

KAPITELÜBERSICHT

Wie alles begann …

Mein Leben änderte sich schlagartig, als ich vor ein paar Monaten ein Buch kaufte. Klingt zunächst wenig spektakulär, nicht wahr? Als Vielleserin kaufe ich eigentlich ständig Bücher, die kaum mehr in mein Regal passen. Doch es war nicht irgendein Liebesroman, sondern eine der Geschichten, die heutzutage jeder kennt: *Shades of Grey – Geheimes Verlangen.*

Die Verkäuferin schwärmte davon, meine beste Freundin empfahl es mir und viele, viele Frauen hatte ich nur fasziniert darüber sprechen gehört – und auch mich zog es in seinen Bann.

Nach dem ersten Lesen war ich begeistert und bestellte mir gleich die nächsten Bände. Danach verschlang ich die Reihe so oft, dass ich mir neue Ausgaben besorgen musste, weil meine total zerlesen waren. Ich trug auch die E-Books auf meinem Tablet immer bei mir, falls ich zwischendurch doch ein paar Zeilen von Christian und Ana brauchte. Zur Entspannung. Zum Träumen. Und mit jedem weiteren Lesen wuchs das Verlangen in mir. Nach solch einem Partner, nach so einer verzehrenden Leidenschaft.

Ich wollte meinen eigenen Mr. Grey, unglaublich gut aussehend, mit fragwürdigen, aber multiple Orgasmen spendenden BDSM-Sexpraktiken, sowie einem hypnotisierenden Blick aus grauen Augen, bei dem ich sofort rot werden würde. War es möglich, auf eine Romanfigur eifersüchtig zu sein? Ja, war es. Das konnte ich sogar verdammt gut.

Ich wäre mit Sicherheit eine bessere Anastasia Steele.

Doch der Wunsch und die Tagträume reichten nicht. Ich wollte mehr, ich wollte so ein Leben ebenfalls genießen. Und da fasste ich einen Entschluss:

In 50 Tagen würde ich Mrs. Grey sein.

Tag 22

Mein großer Tag war gekommen.

Drei Wochen lang hatte ich das Büro von *Albrecht International* genervt, bis sie mir diese Chance gaben, meinen Mr. Grey zu finden. Die Liste mit deutschen Millionären zu googeln, war das kleinste Hindernis gewesen. Das Auskundschaften des Firmensitzes eine ganz andere Herausforderung: Auf Panoramafotos ließ sich leider nie erkennen, ob und wenn ja, was für ein Name über dem Haupteingang prangte. Manchmal hing dort lediglich das Wort ‚Eingang' ... Aber dadurch ließ ich mich nicht abbringen und meine Mühen zahlten sich bereits aus.

Ich musste nur noch das Gebäude betreten und mit dem Fahrstuhl zu meinem Liebesglück hochfahren. Endlich hatte ich es geschafft! Mr. Grey warte noch ein bisschen auf mich, dachte ich zuversichtlich, gleich stolpere in deine Arme.

Ein letztes Mal zog ich mein Blümchenkleid zurecht, bevor ich das Auto verriegelte. Es war kein klappriger VW-Käfer, ich setzte auf mehr Power unter der Haube, daher fuhr ich einen gebrauchten Sportwagen von Subaru. Ansonsten war ich wie Anastasia Steele. Vom Scheitel, den flachen Tretern, bis zur Schüchternheit. Und dank des biederen Looks sah ich viel jünger aus, als ich es mir mit achtundzwanzig Jahren zugetraut hätte.

„Guten Morgen“, grüßte mich die Empfangsdame im Erdgeschoss, doch dann klingelte ein Telefon und unterbrach sie.

Mit einem entschuldigenden Lächeln nahm sie das Gespräch entgegen. Ich nutzte die Chance und sah mich rasch um. Eine Glasfassade beherrschte das Bürogebäude, während die Dame hinter einem Tresen aus hellen Holzpaneelen halb verschwand.

Ich atmete tief ein und aus und besann mich meiner Nervosität. Im Buch hatte Ana noch nie ein Interview geführt, genau wie ich. Selbst wenn ich viel Erfahrung mit Kundengesprächen besaß, durfte diese mich nicht vom rechten Weg abbringen. Zu viele Geschäftsführer hatten meine Anfragen abgelehnt, sodass ich mir Herrn Albrecht nicht entgehen lassen durfte.

„Ihr Name, bitte?“, erkundigte sich die Sekretärin, nachdem sie wieder aufgelegt hatte. Sie entsprach genau meinen Vorstellungen. Groß, blond und ein sexy Ausschnitt, aber ich würde es sein, die ihren Chef um den Finger wickelte.

„Tanja Schuster“, sagte ich so leise, als bekäme ich vor Aufregung kaum noch ein Wort heraus. Leider musste ich meinen richtigen Namen angeben. Allein aus Angst, dass die Frau gegenüber von mir den Roman auch gelesen hatte und mein Manöver durchschaute. „Ich habe um 15:00 Uhr einen Termin mit Herrn Albrecht."

„Ach ja. Das Interview, ich erinnere mich." Sie griff erneut nach ihrem Hörer und ließ den Blick über mein prüdes Outfit schweifen. Es klappte wie geplant. „Fahren Sie schon einmal hoch, ich sage oben Bescheid."

„Danke", erwiderte ich absichtlich murmelnd. „Einen schönen Tag noch."

In Gedanken mein Kleid bejubelnd, das ich bei eBay aufgestöbert hatte, kam ich der Aufforderung nach. Sich unscheinbar und unsicher wie ein naives Schulmädchen zu geben, war wirklich anstrengend, dennoch die Sache wert. Dafür zwang ich mich auch in knielange, hochgeschlossene Kleidchen.

Mein Ziel lag im dritten Stock, was nicht die oberste Etage war, aber immerhin. Leider prangte kein beeindruckender Schriftzug über der verglasten Tür, sondern nur ein kleines Logo im oberen Drittel, doch schmälerte dies nicht meine Vorfreude. Solange der Mann hinter dem Schreibtisch mich begeisterte, würde ich alles aushalten. Auch jeden Klaps auf meinem Po.

Zuerst hatte ich die Liste der 500 reichsten Deutschen erfolglos durchgearbeitet, um nun die Firmenchefs meiner Heimatstadt ins Visier zu nehmen. Daher würde ich so kurz vor dem Ziel nicht aufgeben. So gut er sich verstecken mochte, ich würde meinen Mr. Grey schon aufspüren.

Ich klopfte, besann mich meines Auftretens

und öffnete.

Vor mir erstreckte sich kein Panoramaausblick, stattdessen die Fenster des gegenüberliegenden Gebäudes. Das Büro war nicht gigantisch groß, es wirkte wie ein Kämmerchen, wenn ich ehrlich zu mir war. Zumindest passte der Schreibtisch zu meinen Erwartungen. Aus dunklem Holz und genug Platz bietend, um unanständigen Vorlieben nachzugehen. In dieser Kammer schien er allerdings fehl am Platze. Jedes Wartezimmer eines Arztes musste größer sein als das hier.

Nein. Böser Sarkasmus. Ana kennt keinen Sarkasmus. Sei gefälligst hin und weg. Sei wie Ana. Sei begeistert.

Dank der blöden Treter stolperte ich tatsächlich über die Schwelle, aber mein ausgeprägter Gleichgewichtssinn rettete mich vor einem Sturz. „Die Tür ist mörderisch, nicht wahr?“, erklang eine angenehme Männerstimme. „Da stolpere ich auch ständig.“

Nett, um die peinliche Situation zu entschärfen, ein Mr. Grey stolperte jedoch nicht. Sein unglaublich athletischer Körper wusste bestimmt nicht mal, wie das ging.

Also los, spornte ich mich an. Jetzt kommt es drauf an. Der erste Eindruck.

Langsam hob ich den Kopf, um meinen Mr. Grey zu betrachten - und wurde furchtbar enttäuscht.

Keine grauen Augen.

Dafür stinknormale braune.

Herr Albrecht war hochgewachsen, selbst im Sitzen baute er direkten Blickkontakt auf, so wie ich es von einer Führungspersönlichkeit gewöhnt war. Er besaß ein freundliches Gesicht, obwohl es nicht den Drang auslöste, ihn küssen zu wollen. Breite Schultern, immerhin, doch der dunkle Anzug saß etwas zu locker, als wollte er Problemzonen kaschieren, anstatt seine Muskeln zu präsentieren.

Und er war alt. Erschreckend alt. Ich entdeckte graue Strähnen im Haar und eine von Falten zerfurchte Stirn. Natürlich hatte ich mir die Fotos auf der Homepage seiner Firma angesehen, aber das dort abgebildete musste zehn Jahre alt sein. Wenn nicht sogar fünfzehn. Eine unangenehme Wendung, dennoch würde ich mich davon nicht abbringen lassen, ich stand ja schließlich auch auf ältere Schauspieler. Ältere Männer waren erfahrener, im Leben und definitiv im Bett. Außerdem war es sehr, sehr unrealistisch einen reichen Firmenchef unter dreißig zu finden, der sein eigenes Imperium bereits aufgebaut hatte. Allzu kleinlich durfte ich also nicht sein.

„Sie sind Frau Schuster von der Web-Zeitung?" Herr Albrecht erhob sich und wies lächelnd auf den freien Stuhl vor dem Schreibtisch. Ganz der Gentleman, erkannte ich an. Seine Stimme war zumindest angenehm. Nicht zu weich, dafür ein klein wenig herrisch, sodass ich mich gleich setzte.

Mr. Greys Befehlen würde ich immer Folge leisten.

„Genau, Tanja Schuster", bestätigte ich zögerlich. „Sie dürfen auch Tanja sagen." Ich erwiderte das Lächeln, stellte meine Tasche ab und schlug die Beine übereinander.

„Nun gut. Tanja, was wollen Sie denn von mir wissen?"

Ich räusperte mich und holte mein Tablet hervor, bevor ich antwortete. Technik interessierte mich schon immer, auch wenn sie eher mich beherrschte als ich sie. „Ich schreibe für eine Homepage, die demnächst zu einer Online-Zeitung expandiert, über deutsche Manager, Vorstandsvorsitzende und ihre Firmen. Allerdings drehen sich unsere Reportagen mehr um die private Seite und weniger um die Geschäftsbeziehungen. Wir wollen den Befragten ein Gesicht geben und nicht einfach nur Zahlen präsentieren." Zahlen würden mich nicht in ochsenblutrot tapezierte Spielzimmer führen.

Herr Albrecht nickte weiterhin freundlich. Mittlerweile klappte meine Eröffnung ganz gut, die vielen Übungen vor dem Spiegel hatten sich also gelohnt.

Wenn ich sagen würde, dass ich die Besitzerin der Homepage war und vielleicht zwanzig Seitenaufrufe die Woche besaß, würde er mich sofort des Raums verweisen. So klang meine Vorstellung fast professionell. Aber nur fast, denn ich musste ihm ja die unerfahrene, schüchterne graue Maus vorspielen. Gerade von der Uni, noch nicht wirklich bereit fürs Arbeitsleben. Wie zur Erinnerung rang ich die Hände und senkte den Blick auf mein Tablet. Na los, Mr. Grey, erwecke meine innere Göttin, von der ich nichts ahne. Ahnen sollte? Konnte ich es noch ahnen, wenn ich bereits wusste, was geschehen sollte? Hmmm.

Andererseits konnte ich widersprüchliche Stimmen in meinem Kopf nicht gebrauchen.

„Von Ihrer Zeitung habe ich leider noch nichts gehört", merkte Herr Albrecht an.

„Oh", winkte ich ab, „das ist ein kleines, aufstrebendes Studentenblatt."

„Ach, verstehe."

Trotz der Nachfrage machte ich mir keine Sorgen, dass meine Homepage Probleme bereiten würde. Es gab so viele Internetseiten, wer machte sich schon die Mühe und recherchierte haarklein, wer dahinter steckte?

„Möchten Sie etwas trinken?", fragte mich Herr Albrecht. „Dann gebe ich meiner Sekretärin Bescheid. Ich habe Ihnen eine halbe Stunde eingeräumt."

Sogleich nickte ich, denn für dreißig Minuten hatte ich nicht genügend Fragen eingeplant. Seit wann konnten Firmenchefs sich so viel Zeit nehmen? Das wurde in Filmen und Büchern deutlich kürzer dargestellt.

„Haben Sie vielleicht Tee?"

„Natürlich. Kräuter oder Earl Grey?"

„Earl … Grey, bitte." Gegen heiße und kräftige Earls hätte ich auch nichts einzuwenden.

„Kommt sofort." Er drückte eine Taste an seinem Telefon und aktivierte die Freisprechfunktion.

„Ja, Herr Albrecht?"

„Eine Teekanne Earl Grey, bitte, Magda. Zwei Tassen und Honig für mich." Die Sekretärin flötete eine Bestätigung, woraufhin er zufrieden grinste. Dabei sollte er nicht so süß und zuvorkommend klingen. Eher streng und distanziert. Außerdem sollte er sich nur auf mich konzentrieren. Mir mit fester Stimme befehlen, vor ihm zu knien. Mich auszuziehen.

Hoppla, da preschte meine Fantasie wieder davon. Für Lack und Leder hätten wir später noch Zeit.

Ich öffnete meine App für Notizen und scrollte hoch, so als müsste ich eine endlose Liste überblättern. In Wirklichkeit standen dort nur die Fragen, die ich anhand meines Lieblingsbuchs zusammengefasst hatte. Sie waren nicht identisch, dennoch dicht dran. Schließlich wollte ich keine Romanfigur daten, sondern jemanden, der wie Christian dachte und handelte.

Das Tablet auf meinem Schoß balancierend, suchte ich Herrn Albrechts Blick. Ohne dass ich es merkte, war er aufgestanden und um den Schreibtisch gegangen, sodass er nun auf der

Kante links von mir saß. Er strahlte Freundlichkeit aus, sein Lächeln war charmant für einen in die Jahre gekommenen Mann. Jedoch löste dies weder ein Ziehen in meinem Bauch aus noch das Bedürfnis, mich ihm hinzugeben.

Mit Mühe kämpfte ich ein Stirnrunzeln zurück, da ich nun einen freien Blick auf seine Krawatte erhaschte, welche eine Vielzahl von Disneyfiguren zeigte.

Ich meine, Disney, ging es noch abtörnender?

„Sie sind der Gründer der Firma und haben diese komplett selbständig aufgebaut?", lautete die erste Frage, während ich krampfhaft ein Kichern unterdrückte. Oh mein Gott, diese Krawatte schlug alles. Welcher Mann in seinem Alter kaufte sich so etwas?

Er sah mich von oben herab an und ich war mir unsicher, ob er mich gerade abcheckte. Ich versuchte ein Lächeln aufzusetzen, was mir angesichts putziger Hasen, tanzender Mäuse und Meerjungenfrauen nicht gelang.

„Ich habe diese Firma zusammen mit meinem Partner aufgebaut, als wir Mitte zwanzig waren. Nach fünf Jahren hat er sich jedoch auszahlen lassen, sodass ich sie alleine weiterführte."

Ich schrieb stichpunktartig mit, obwohl meine Handschrift furchtbar unleserlich war. Hoffentlich konnte ich das später noch entziffern.

Da öffnete sich die Tür und die Sekretärin brachte den bestellten Tee. Sie hielt sich nicht weiter mit uns auf, sondern verschwand gleich wieder.

„Und seitdem hat Ihre Firma immer weiter expandiert?“, schlussfolgerte ich. „Es war also eine richtige Entscheidung, Ihren Freund gehen zu lassen oder vielleicht einfach nur Glück?“

„Das können Sie auf der Website des Konzerns nachlesen, Frau Schuster.“ Herr Albrecht zog verwundert die Augenbrauen hoch.

„Also kein Glück?“

Nachdenklich kaute ich auf meiner Unterlippe, aber Herr Albert schien nicht darauf zu reagieren.

„Wollen Sie mir unterstellen, dass es falsch ist, den besten Freund ziehen zu lassen?“, erwiderte er nun leicht erbost.

Sehr schön. Er konnte also doch herrisch werden.

„Wollten Sie mich nicht nach Dingen fragen, die man nicht überall lesen kann?“

„Das tue ich“, meinte ich leise. Anastasia würde jetzt kneifen, ich hatte meine Hausaufgaben gemacht. Ich mochte es nicht, für Fehler gerügt zu werden, die keine waren. „Auf Ihrer Homepage betonen Sie immer nur, dass der Austritt interessante Perspektiven eröffnete“, konterte ich.

Herr Albrecht trank einen Schluck Tee, bevor er zu einer Antwort ansetzte. „Vielleicht gehörte ein Quäntchen Glück dazu. Ich hatte keine großen Bedenken, da ich meine Mitarbeiter sehr gezielt auswähle. Damit ich genau weiß, wie ich deren Vorteile am besten einsetze. Ich hege hohe Erwartungen, Frau Schuster, belohne aber auch harte Arbeit."

Yesss, wie in meinem Lieblingsbuch. Die Formulierung stimmte nicht ganz, was soll's. Ich hatte ihn gereizt und seine dunkle Seite aufblitzen lassen. Sicherlich waren die Fragen naiv und nichts Besonderes, doch um wie Ana einen dominanten Herrn zu finden, musste ich ihren Weg beschreiten.

Ich versuchte einen unschuldigen Blick aufzusetzen, freute mich jedoch innerlich wie die Katze, die gleich die Maus verschlang. Obwohl es eigentlich anders herum sein müsste.

Herr Albrecht musterte mich fragend. Zu gern würde ich seinen Gedanken lauschen. Wollte er mich für meine Unerfahrenheit bestrafen? Mich übers Knie legen?

„Junge Dame?", unterbrach er meine Überlegungen. „Alles in Ordnung?"

Ich nickte. Ich sollte mich eindeutig besser konzentrieren. Leider schienen meine Tagträume verlockender als mein potenzieller Mr.-Grey-Kandidat. Seine Anwesenheit nahm mich nicht derart ein, dass ich alles andere vergaß.

Jetzt sah Herr Albrecht mich nur mitleidig an. Kein Feuer und vor allem kein Begehren. Ich hatte mich so sehr auf dieses schimmernde Funkeln in seinen Augen gefreut, spätestens dabei wäre ich mir sicher gewesen, den Richtigen gefunden zu haben.

Um ihn doch für mich zu gewinnen, musste ich mit den Fragen deutlich anziehen.

„Was sind Ihre Leidenschaften? Also, was unternehmen Sie gerne im Privaten?“, fragte ich zögerlich, obwohl ich wirklich neugierig war.

„Ich besitze ein Segelboot, mit dem ich über die Flüsse fahre und wenn es die Zeit ergibt, auch über das Meer. Zumindest kleinere Strecken.“

Na toll, dachte ich. Ausgerechnet ein Boot. Dabei wurde ich schon seekrank, wenn ich mich auf einen Steg traute. Es lag nicht am Schaukeln und Schwanken, sondern an meiner Angst vor Wasser.

„Segeln Sie auch gerne?“, wollte Herr Albrecht wohl aus Höflichkeit wissen. Oder zeigte er Interesse an mir?

„Ja“, quetschte ich heraus und log schamlos. Wenn ein Mann eine leidenschaftliche Nacht mit mir auf einen Boot verbringen wollte, würde ich mich nicht sträuben. Im besten Falle wären die Stunden so atemberaubend, dass ich meine Beschwerden völlig vergaß.

„Fänden Sie Gefallen an einem kleinen Segeltörn?“

Mir blieb vor Schreck der Mund offen stehen. Wa-was? Mein Puls raste und mir schoss die Röte in die Wangen. Dabei errötete ich eigentlich nie.

„Ähm … gern“, brachte ich irgendwie hervor. „Ihre Sekretärin hat ja meine Nummer …“

Oh mein Gott! Passierte das gerade wirklich?

„Da lässt sich sicher etwas regeln und wir könnten in aller Ruhe Ihren Artikel besprechen. Sie brauchen bestimmt Fotos. Das wäre doch genau richtig, ein paar Fotos von meiner ganz privaten Seite", meinte er mit einem Schmunzeln.

Wieso sprach er nun die Punkte an, die im Buch noch vorkommen würden? Auch Christian hatte Aufnahmen zugestimmt und wie Ana hatte ich keinen Fotografen dabei.

Was geschah hier? Hatte ich ihn von meiner unschuldigen Seite überzeugen können? Wollte er mich? War Herr Albrecht mein Mr. Grey? Ich wäre am liebsten kreischend aufgesprungen und auf der Stelle getanzt! Das war leichter gewesen, als zunächst vermutet.

„Haben Sie noch weitere Fragen für Ihren Artikel, Frau Schuster?", wollte er nun wissen und beugte sich zu mir.

Ach ja, der Artikel, erinnerte ich mich.

Ich scrollte über die Zeilen auf meinem Tablet und übersprang die Frage nach seiner Sexualität. Damit wollte ich mir meine Chance definitiv nicht verderben.

Jetzt hieß es, den Mann ein letztes Mal von meinen Qualitäten zu überzeugen. Unschuldig aufblicken, auf der Lippe kauen und ganz schüchtern und verwirrt wirken. „Mussten Sie das Familienleben Ihrer Firma opfern?"

„Nein", meinte Herr Albrecht nun.

„Oh." Ich stockte. „Wirklich nicht?"

„Nein."

Das war allerdings eine extreme Abweichung vom Skript zu meinem Liebesglück.

„Fragen Sie warum", forderte er auf einmal und seine Stimme klang ernster denn je.

Nun war ich tatsächlich unsicher.

„Fragen Sie warum", wiederholte er und sein Ton ließ keinen Widerspruch zu.

Er konnte sehr wohl die Kontrolle übernehmen.

Ob ich wollte oder nicht, ich kam seinem Befehl nach. „Warum?"

„Weil ..." Er suchte meinen Blick und meinte schließlich eiskalt: „Ich glücklich verheiratet bin."

Ach du Schande. „Davon steht auf Ihrer Webseite nichts."

Herr Albrecht erhob sich und schlenderte wieder zu seinem Schreibtischstuhl zurück.

„Ich halte mein Privatleben gern privat. Für Ihre Zeitung wollte ich eine kleine Ausnahme machen, doch das war wohl eine Fehlentscheidung."

„Sie tragen keinen Ring!", meinte ich und ging sofort in eine Abwehrhaltung über. Was war das auf einmal für ein Spiel, das er mit mir trieb?

„Beim Juwelier, um ihn vergrößern zu lassen."

Noch wollte ich mich nicht geschlagen geben. „Und wieso sehe ich hier nirgendwo ein Foto?"

„Ich bin effizient und konzentriert, deswegen brauche ich nicht viel außer einen Arbeitsplatz." Mit der flachen Hand zeigte er über seinen aufgeräumten Schreibtisch. „Ich bin nicht nur ein verheirateter Mann, sondern ein zweifacher Opa.“ Er deutete auf die Disneykrawatte und mir wurde speiübel. Auch ohne schwankenden Boden. „Was ich anpacke, hat nichts mit Glück zu tun, Frau Schuster. Aber versuchen Sie ihr Glück gerne weiter.“

Scheiße, wo war ich denn hier gelandet?!

Herr Albrecht drückte den Knopf für ein Gespräch mit seiner Sekretärin. „Bitte begleiten Sie Frau Schuster aus dem Gebäude, meine Liebe. Sie ist mal wieder so eine.“

Zur Antwort erklang ein belustigtes Gackern, sodass ich auf meinem Stuhl zusammensackte.

„Woher …?“, schaffte ich zu formulieren, ehe Herr Albrecht mich unterbrach.

„Sie sind in diesem Halbjahr schon die Dritte, die diese Show abzieht, wenn auch bei Weitem nicht die Überzeugendste.“ Er öffnete eine Schublade und knallte eine Ausgabe meines Lieblingsromans auf den Tisch, so fest, dass die Teetassen klirrten.

Anhand der Rillen im Buchrücken hatte er jedoch nur fünfzig Seiten davon gelesen. Die reichten anscheinend aus, um mein Schauspiel zu durchschauen. Vor Schreck rutschte mein Tablet zu Boden und kam mit einem lauten Knacken auf.

„Einen guten Tag noch, Frau Schuster. Das Gespräch ist nun beendet.“

Bevor die Sekretärin mich wirklich des Gebäudes verweisen konnte, stopfte ich meine Sachen in die Tasche und stürmte aus dem Büro. Erneut blieb ich an der bescheuerten Schwelle hängen und schaffte es gerade so zum Fahrstuhl.

Anstatt von meinem zukünftigen Mr. Grey verabschiedet zu werden sowie mit einem Kopf voller verwirrender Sehnsüchte hinabzufahren, wünschte ich, der Boden würde sich unter mir auftun.

Gedemütigt schlich ich zu meinem Auto und fuhr heim, ohne mich ein letztes Mal umzusehen. So hatte ich mir ein Treffen mit meinem potenziellen Traummann nicht vorgestellt.

♥ ♥ ♥

Den Rest meines Urlaubstages verschwendete ich ebenfalls, da ich im wohl schlimmsten Feierabendstau aller Zeiten festsaß. Ich hatte mich umsonst verkleidet, umsonst für dieses Interview gekämpft und hockte nun in meinem Subaru fest. Dort konnte ich zumindest schreien und mich aufregen, ohne dass mich jemand hörte, besser fühlte ich mich dadurch trotzdem nicht. Schon gar nicht, wenn im Nebenauto ein Pärchen wild rummachte, während alle anderen genervten Fahrer keinen Zentimeter weiter kamen.

Laut Radio hatte irgendwo auf der Strecke ein Auffahrunfall stattgefunden, fast hätte ich in der Redaktion angerufen und es berichtigt. Zwei Auffahrunfälle. So wie Herr Albrecht mich hatte auflaufen lassen und anschließend abservierte, musste ich schwerwiegende Verletzungen davongetragen haben.

Mein Ego war angeknackst und mein Stolz benötigte dringend ein großes Pflaster. Den Kopf aufs Lenkrad gelegt, hatte ich jedenfalls genug Zeit, mich in Selbstmitleid zu suhlen. Bis das Pärchen neben mir die Rücklehnen herunter klappte und ich peinlich berührt in eine andere Richtung starrte.

Wo war mein Mr. Grey, wenn ich ihn brauchte? Mich nach seinen Berührungen verzehrte?

Und was erlaubte sich dieser fiese Kerl? Ich suchte einfach meinen Traumpartner, nur weil dieser Albrecht verheiratet war, musste er nicht so auf meinen Sehnsüchten herumhacken. Ich war bloß eine von vielen verzweifelten Singles, deswegen durfte er nicht auf meinem Herz herumtrampeln!

Dank des Staus blieb mir keine Zeit mehr, nach Hause zu fahren und mich umzuziehen, bevor mein Computerkurs begann. Was den Aufbau von Homepages betraf, war ich eine blutige Anfängerin, aber ich lernte stetig dazu. Wie sollte meine Geschichte auch glaubwürdig klingen, wenn ich nicht mal die Grundkenntnisse beherrschte? Außerdem fürchtete ich, dass mein Mr. Grey es als Vertrauensbruch ansehen würde, wenn ich ihm eines Tages die Wahrheit offenbarte. Gleichzeitig wäre es bestimmt nicht schlecht, wenn er mich für meine Schwindelei ausgiebig bestrafte.

Reichlich frustriert parkte ich also vor Haralds Computerladen und schleppte mich zum letzten Termin des heutigen Tages. Vor ein paar Wochen hatte ich noch keine Ahnung gehabt, wie man eine Webseite erstellt, bis ich im Internet auf eine Anzeige des Ladens stieß: Angeboten wurden Gruppenkurse im kleinen Rahmen, ziemlich preiswert dazu und das Geschäft war mit dem Auto nur zehn Minuten von meinem Zuhause entfernt.

Für mein Anastasia-Cover und um an reiche Firmenchefs zu kommen, brauchte ich dieses Wissen. So brachte mir Christoph, der Sohn des Inhabers, nun seit einigen Wochen immer dienstags und donnerstags das Wichtigste bei.

Der Computerladen war eine Mischung aus Reparaturwerkstatt, Kundendienst, Internetcafé und Programmier-Schule - keine Ahnung, wie sie sich über Wasser hielten. Eine Glocke bimmelte, als ich die Tür aufschob und sofort begrüßte mich Harald vom Tresen aus. Mit einer Freude, als hätte er nur auf mich gewartet.

„Hallo, Tanja!“, strahlte er mich an. „Christoph ist gleich für dich da.“

„Erstmal muss ich zu dir.“ Geknickt zog ich mein Tablet hervor, das beim Sturz in Herrn Albrechts Büro ebenfalls einen Knacks abbekommen hatte. Quer über das Display splitterte nun ein gewaltiger Riss. „Kriegt ihr das hin?“

Harald drehte mein Gerät zwischen den Fingern, woraufhin der Bewegungssensor reagierte und das Tablet aufweckte. Breit grinsend gab er Entwarnung: „Klar, da tauschen wir nur die Frontscheibe aus."

Ich seufzte erleichtert, wenigstens eine gute Nachricht am heutigen Katastrophentag.

„Bis Donnerstag könnte es knapp werden, aber nächste Woche ist es wieder wie neu", versprach Harald und ich glaubte ihm. Auf ihn konnte ich mich immer verlassen.

„In Ordnung. Danke." Ich wies auf den Gang, der vom Eingangsbereich abzweigte, und wandte mich ab. „Ich gehe schon mal nach hinten."

„Halt!", schallte es plötzlich, doch er meinte nicht mich, sondern den Teenager, der nach mir eingetreten war. „Du brauchst dringend einen heißen Kakao mit Marshmallows."

So einen würde ich auch gern haben, allerdings ließ ich mir meinem Frust nicht anmerken.

Das Mädchen, das ihren Laptop wie ein kleines Kind umklammert hielt, schniefte und jammerte: „Er springt nicht an, da ist mein Leben drin."

Harald warf den Kaffeevollautomaten an und bot neben den Marshmallows tröstende Worte. Er wusste immer, was seine Kunden brauchten. Wie ein Vater kümmerte er sich um uns, als wären wir alle seine Kinder. Ich war nur durch Zufall auf den Laden gestoßen, hatte ihn aber trotz seiner chaotischen Arbeitsweise bereits empfohlen. Und gern gewonnen sowieso.

Rund um den Tresen stapelte sich Hardware,

die zur Abholung bereit war. In Vitrinen konnte der interessierte Kunde die wichtigsten Gadgets betrachten, die er zur Aufrüstung benötigte oder Harald bestellte gleich die passenden Teile. Der vordere Raum war einladend, doch total vollgestopft. Ein wahrer Palast aus Computertowern, Kabeln und allerlei Elektronik.

Dahinter folgte ein größerer Bereich mit mehreren Reihen PCs, in dem sich täglich Gamer zum Zocken trafen. Sobald sie sich bei Harald eingetragen und eine Nummer abgeholt hatten, bot ihnen der Laden fast unbegrenzten Zugriff auf ihre Lieblingsbeschäftigung. Zumindest, bis ihnen das nötige Geld ausging.

Ein weiterer, deutlich kleinerer Raum beherbergte sechs Computerterminals, an denen die Kurse stattfanden, manchmal einzeln wie bei mir manchmal innerhalb einer Gruppe,.

Ich kannte nicht viele Nerds, aber so stellte ich mir ihren Rückzugsort vor. Jalousien immer zugedreht, die Leuchtstoffröhren dauerhaft an und das Brummen der Lüfter verschwand sanft im Hintergrund. Dennoch war es ein gemütlicher Ort, ganz anders als ein Klassenzimmer oder ein normaler Kursraum. Ich hatte noch nie auf so bequemen Drehstühlen Platz genommen und mich gleich in die Gaming-Tastatur, die ich hier nutzte, verliebt. Dazu hatte Christoph die Wände nicht einfach weiß streichen lassen, sondern eine Fototapete aus Screenshots von Games, Filmpostern und allem

Möglichen erstellt. In mühsamer Kleinarbeit hatte er dies an die Wände geleimt.

Ich weckte einen PC aus dem Schlafmodus und ließ mich in einen Stuhl sinken. Meine Füße schmerzten höllisch, sodass ich die unsäglichen Treter endlich abstreifte. Ich konnte auf fünfzehn Zentimeter hohen ‚Fick mich'-Schuhen laufen, doch die hier gaben mir den Rest. Eigentlich wollte ich nur noch ins Bett fallen und die heutige Katastrophe vergessen, allerdings freute ich mich auf den Kurs.

Ich durfte nur nicht daran denken, welche Folgen der Termin bei Herrn Albrecht für mich haben könnte. Hoffentlich schickte er nicht meinen Namen per Rundmail an seine Kollegen, um sie vor der Verrückten zu warnen. Vielleicht sollte ich beim nächsten Mal einen Decknamen angeben oder gleich Anastasia Steele sagen. Wenn sie mein Manöver durchschauten, würde die Security mich eh hinauswerfen.

Es war eindeutig anstrengender, meinen Mr. Grey ausfindig zu machen als gedacht.

„Wie siehst du denn aus?", fragte Christoph verwundert, während er eintrat. Ich ließ weiterhin den Kopf hängen.

„Frag nicht."

„Ist schon wieder Karneval und du gehst als Mauerblümchen?"

„Haha." Ich spießte ihn mit einem Blick auf und löste mit einem Griff die Klammer, die meine blonden Locken zusammengehalten hatte. Wild fielen sie mir über die Schultern und ich bauschte sie schnell auf.

„Oder hast du eine Wette verloren?"

„Bitte, der Tag war furchtbar genug." Er wollte nett sein und mich aufmuntern, nur war mir nicht danach. Nette Männer kannte ich schon viel zu viele. Das endete immer gleich.

Dennoch konnte ich Christophs Scherze verstehen. Er wusste, dass ich Mitarbeiterin einer Boutique-Kette war, die sich auf Kleidung der oberen Preisklasse spezialisiert hatte. Wir waren nicht Gucci oder Armani, aber einen Pullover unter hundert Euro würde ein Kunde bei uns nicht erstehen. Abgesehen vom Organisatorischen war es mein Job, Männer und Frauen geschmackvoll und edel einzukleiden. Ich liebte meine Arbeit und ich war gut darin. Die passende Kleidung, Schuhe und Accessoires konnten jeden schön aussehen lassen. Wer sich schön fühlte, der strahlte es nach außen hin aus.

Bisher kannte Christoph nur meine gestylte Seite. Immer auf Heels unterwegs, die mich wenigstens fünf Zentimeter größer machten. Ohne diese fühlte ich mit meinem 1,60 Meter einfach nur winzig. Immer dezent geschminkt, sodass das Make-up meine Augen und Lippen betonte. Außerdem verkaufte ich nicht nur die Mode, sondern trug dank des großzügigen Mitarbeiterrabatts auch viele der Stücke.

Und jetzt sah Christoph mich allen Ernstes in alten Omaschuhen, grauen Strumpfhosen und einem verwaschenen Blümchenkleid mit weißem Kragen. Anastasia hatte einen fürchterlichen Modegeschmack meiner Meinung nach.

„Okay, ich bohre nicht weiter, aber die Stilveränderung ist nicht zu deinem Besten, Tanja. Das sieht furchtbar aus." Er grinste und stellte eine Tasse Tee vor mir ab. Dieser dampfte nicht mehr, schien jedoch so kräftig, als hätte der Beutel eine halbe Stunde in der Tasse gezogen. „Den magst du doch? Twinings, nicht wahr?"

„Danke." Ich schenkte ihm ein kleines Lächeln und wärmte meine Finger an der Tasse.

Die einzige Gemeinsamkeit zwischen Anastasia Steele und mir war die Vorliebe für Twinings Breakfast Tea. Nur dass sie ihn praktisch zwanzig Sekunden ziehen ließ, während ich meine zwei Teebeutel in der Literkanne regelmäßig vergaß. Vielleicht war Anastasia im Buch so langsam in ihren Schlussfolgerungen, weil sie chronisch unterkoffeeiniert war, scherzte ich manchmal.

Ich wünschte mir so sehr, dass mein Mr. Grey mir bald mein Lieblingsgetränk reichen würde und nicht Christoph. Dennoch nippte ich an der Tasse, um seine liebe Geste zu würdigen. Ich war nur seine Kundin, für ihn gab es keinen Grund, warum er sich meinen Lieblingstee merken musste.

In vielen Punkten war Christoph nur ein halber Christian. Sein Name zum Beispiel. Fing gut an, endete jedoch falsch. Zwar war er groß gewachsen und sportlich gebaut, aber er schlurfte nur in Jeans und T-Shirts durchs Leben. Die Chucks passten wieder zu meinem Traummann, würden sie nicht stets verdreckt sein und aussehen, als hätten sie schon zehntausend Meilen hinter sich.

Zumindest punktete er mit seinem Humor, würde ich einen Partner für Späße suchen. Allerdings wollte ich einen, der mir multiple Orgasmen und ein verbotenes Spielzimmer schenkte.

Er flirtete immer wieder mit mir, trotzdem würde ich nicht auf seine Versuche eingehen. Ich hatte genug Beziehungen mit netten Typen geführt, das brachte nichts. Stattdessen wollte ich Verführung, von der dunklen Seite kosten und mich dem süßen Schmerz der Bestrafung hingeben, der so viel Lust bewirken sollte.

Christoph wäre dabei der Letzte auf meiner Kandidatenliste. Wenn ich es genau bedachte, stand er nicht mal darauf. Schließlich war es mir auch verboten, mit den Stammkunden unserer Bekleidungskette etwas anzufangen. Ihn schien es nicht arg zu stören, dafür versteckte ich mich umso hartnäckiger hinter dieser Regel. Vertragspartner gingen rein professionell miteinander um.

„Was ist los?“, er zog sich einen Stuhl heran und lächelte aufmunternd. „Oder möchtest du einfach weitermachen, wo wir aufgehört haben?“

„Das willst du nicht wissen“, antwortete ich. Ich konnte doch niemandem offenbaren, dass ich mein Lieblingsbuch nachstellte. Christoph war ein wirklich guter Lehrer. Wie sollte ich ihm gestehen, dass ich nur eine Homepage baute, um meinen Traumpartner für ein erfülltes Sex-Leben zu finden? Jedes Szenario vor meinem geistigen Auge entwickelte sich schlimmer als das vorherige.

Andererseits würde er mich nicht Ruhe lassen, bis ich etwas erzählte. Mittlerweile kannte ich seine neugierige Ader allzu gut.

„Ich interviewe ja für meine Homepage Manager“, begann ich zögerlich.

„Genau. Deswegen bin ich immer noch geknickt, weil ich dafür nicht in Frage komme.“

„Du managst den Laden hier nicht“, warf ich ein, woraufhin er nur schief grinste. „Außerdem interviewe ich nur die reichsten Geschäftsführer Deutschlands. Da gehörst du eindeutig nicht dazu.“

„Das ist ein wenig snobistisch.“

„Sehe ich anders.“ Für den Lebensstil einer Mrs. Grey brauchte der passende Mann eben Kohle. So stand es schwarz auf weiß in meinem Buch. Fakt, also.

„Wie du meinst.“

„Das Interview war eine Katastrophe“, meinte ich vorsichtig.

„Lag sicherlich am Outfit.“

Ich rümpfte die Nase. „Das hatte schon seinen Grund.“

Christoph winkte ab und wechselte wieder zum

eigentlichen Thema. „Heute wollte ich dir beibringen, wie du einen Newsletter einrichtest. Hast du dir schon überlegt, wie du den am besten nutzen kannst?"

Da ich gehofft hatte, heute die Suche zu beenden ... „Nein."

„Nicht weiter schlimm. Rennt ja nicht weg."

Die nächsten Minuten verbrachte Christoph damit, mir die einzelnen Schritte zu zeigen und zu erklären, worauf ich achten sollte. Ich hörte jedoch nur mit halbem Ohr zu. Stattdessen musste ich daran denken, wie Herr Albrecht mein Spiel durchschaut und sich einen Spaß daraus gemacht hatte, mich aus seinem Büro zu werfen.

„Und jetzt du."

„Was hast du gesagt?"

Christoph zog spöttisch die Augenbrauen hoch. „Setz dich erstmal gerade hin, sonst bekommst du noch Rückenschmerzen."

Sofort kam ich der Aufforderung nach.

„Was ist los?", fragte er erneut und rollte mit seinem Drehstuhl ein Stück zur Seite. Ich war mir sicher, dass er dies mit Absicht machte. Bei seinen Erläuterungen kam Christoph mir immer näher, als es wohl für einen Kursleiter normal war.

Ich seufzte, in Gedanken wieder bei meinem Katastropheninterview. Bitte, wenn er so drängelte. „Du hast mich doch letztens mit diesem Buch erwischt, über das so viele lästern."

„Ich erinnere mich", bestätigte er kühl. „Das

Buch, in dem die Frau sich schlagen lässt."

„Das ist gar nicht so schlimm, ehrlich. Du solltest nichts verurteilen, was du nicht gelesen hast", verteidigte ich die Geschichte umgehend.

Christoph schwieg lieber, als sich auf eine Diskussion mit mir einzulassen. Denn meistens sah eine Diskussion mit mir folgendermaßen aus: Ich ignorierte seine Argumente und beharrte auf meinen Standpunkt, bis mein Gesprächspartner das Thema wechselte.

Den Wunsch nach meinem persönlichen Mr. Grey würde mir niemand schlecht machen.

Daher erklärte ich Christoph schnell meinen Plan, damit er mich nicht unterbrach. Im Gegenteil. Zum Ende brach er in heiteres Gelächter aus. „Deswegen machst du das alles? Sag mir nicht, auch diesen Kurs hier?"

Ich nickte und kam mir auf einmal besonders dumm vor. Bücher waren nicht das wahre Leben, das würde jetzt definitiv kommen. Aber war der Wunsch falsch, ein Leben wie in einem Buch zu wollen? Welche Frau wollte das nicht? Die Realität gestaltete sich oft so langweilig und wenig romantisch.

„Also ich kenne nur die Witze darüber", gestand Christoph und rollte mit seinem Stuhl ein weiteres Stück zurück. „Dennoch bin ich mir sicher, dass es andere Wege gibt, den passenden Mann zu finden."

„Es geht nicht um den passenden Mann." Trotzig verschränkte ich die Arme.

„Achso? Um was dann?"

„Um den unglaublichen Sex."

Christoph verschluckte sich an seiner Antwort und hustete bei meiner Offenheit. Wenigstens konnte ich ihn überraschen.

„Ich hab lange genug Blümchensex gehabt. Ich will genau das, was Ana im Buch hat." Und zwar jede Nacht. Mehrfach. Überall. Das klang notgeiler, als ich eigentlich war. Doch nach ein paar Wochen Singledasein war ein Dildo nur ein mäßiger Ersatz. Besonders wenn ich Romane wie *Shades of Grey* zwischen die Finger bekam.

„Ist klar." Jetzt streichelte der Kerl mir über die Haare, als wäre ich ein naives Kind. Sofort schob ich seine Hand weg. „Hat diese Ana sich komplett für den Kerl verstellt?"

„Nein. Wieso sollte sie das?"

„Wieso machst du das dann?", konterte er. „So naiv und kindlich bist du nicht, du hast ganz andere Reize."

Das Kompliment baute mein angeschlagenes Ego wieder auf. Und die Berührung, wenn auch im Scherz gemeint, spendete zumindest ein klein wenig Trost.

„Anastasia schaffte es durch ihre Art, einen so unglaublichen Mann abzukriegen. Also muss ich genauso sein wie sie."

Was ehrlich gesagt eine riesige Herausforderung war. Mal abgesehen davon, dass Größe und Körperbau nicht übereinstimmten, war ich von Natur aus blond. Nur für keinen Mann der Welt würde ich meine Haare färben. Ich besaß eine ungeheuerliche Klappe, die ich kaum unterdrückte. War ziemlich trinkfest und ging gerne auf Partys, worauf ich vielleicht verzichten könnte, wenn Mr. Grey mich zu seiner Angebeteten machte. Beim besten Willen konnte ich mich nicht für die Klassiker der englischen Literatur begeistern, ich schlief beim Lesen ständig ein. Solange ich jedoch Verfilmungen der Stoffe fand, würde ich mich nicht allzu dumm anstellen.

Es gab nur einen gewaltigen Unterschied, der mein Vorhaben zum Scheitern bringen könnte: Ich war keine Jungfrau mehr.

Ich war achtundzwanzig Jahre alt. Wie sollte ich da keinen Sex gehabt haben? Bisher hatte ich eine Reihe von Beziehungen erlebt, gute wie schlechte, und meine Erfahrungen im Bett konnte ich ebenfalls nicht auslöschen. Daher fürchtete ich, dass mein Mr. Grey mich links liegen ließ, ganz gleich, wie hervorragend ich sonst war. Aber wie zum Teufel sollte ich diesen Makel aufheben? Etwa mit Hypnose? Einer Operation? Das war doch alles keine Lösung.

„Du bist halt keine Romanfigur", holte mich Christoph aus meinen Gedanken zurück.

Wäre ich trotzdem gern, um mich von Mr. Greys Leidenschaft gefangen nehmen zu lassen. Sowie unter tausendundeinem Orgasmus zu zerbersten, weil er mir unglaubliche Lust bereitete.

„Du kannst das als Mann nicht verstehen“, wehrte ich ab.

Christoph schnaubte abfällig bei meiner Erwiderung. „Wie läuft der Plan denn so? Hast du schon viele Firmengründer gefunden, die auf die Beschreibung und die sexuellen Vorlieben passen?“

„Nein. Entweder steht dort immer ein Konsortium dahinter, sie sind verheiratet oder die Firmen befinden sich in der Hand einer Investorengruppe aus Thailand“, ratterte ich herunter und trommelte mit den Fingern auf den Computertisch. Meine Suche hatte mich in viel zu viele Sackgassen geführt. „Ein paar sind auch wirklich schwul.“

„Du meinst das echt ernst?“, hakte Christoph erschrocken nach.

„Natürlich! Ich will das. Alles aus dem Buch. Ich will einen Mann, der weiß, wie er mit einer Frau umgehen muss.“

„Sie schlagen und schlecht behandeln?“

Bevor ich ihn für seine vorschnelle Meinung schüttelte, trank ich einen Schluck Tee. „Was für einen Mann ich suche, kann dir doch egal sein.“

Für einen Moment wirkte er seltsam still, dann fuhr er mit seinen Scherzen fort. „Hast du Herrn Hipp ausgeschlossen?“

„Da der schon grauhaarig war, als ich ein Kind gewesen bin.“ Mit der freien Hand boxte ich Christoph gegen den Arm. „Was denkst du eigentlich von mir?"

„Vielleicht sollten wir uns wieder um deine Homepage kümmern", wich Christoph aus und griff nach Tastatur und Maus.

„Vielleicht."

„Dennoch sollte dich ein Mann so zu schätzen wissen, wie du bist, Tanja. Und sich nicht in das Abbild einer Figur verlieben. Etwas, das du nur krampfhaft vorspielst."

„Lass das mal meine Sorge sein."

„Ich hab die Idee!", stieß er auf einmal aus und sprang von seinem Stuhl auf. Geduldig nippte ich an meinem Tee. Wenn Christoph von einem Geistesblitz getroffen wurde, brodelte es förmlich in ihm. Diese Rastlosigkeit kannte ich bereits, jeden Moment würde er erklären, was ihn antrieb.

„Wir basteln aus der Homepage einen Blog!", verkündete er strahlend.

„Wieso das denn?"

„So kannst du von deiner Jagd berichten und deinen Versuchen, diesen Mr. Grey zu bezirzen." Er gab vor, sich meine langen Haare über die Schulter zu schleudern, sodass ich schmunzelte. So übertrieben führte ich mich nicht auf. „Ein Blog hat eine größere Reichweite, du kannst damit viel mehr Menschen ansprechen, vielleicht auch deinen Prügelprinz."

„Der prügelt nicht!", zischte ich, ließ mir aber den Vorschlag durch den Kopf gehen. Es klang gar nicht so schlecht. „Und du würdest mir helfen?“

Ich warf einen Blick auf den Computerbildschirm. Der heutige Kurs war beinahe vorbei, dabei hatte ich die meiste Zeit nur über meine Probleme geklagt.

„Ich habe heute Abend nichts vor und gerade steigt nebenan eine LAN-Party, ich bin so oder so hier.“

„Und was würden diese Extrastunden mich kosten?“

„Nichts. Ich habe nur eine Bitte.“

Auf einmal lächelte er mich so sanft an, dass kurz mein Herz stolperte. Ich hatte eine Schwäche für Männer wie Christoph, doch seine Vorgänger hatten es alle bei mir versaut.

„Geh mit mir auf ein Date.“

Oh nein, das entwickelte sich in eine komplett falsche Richtung. Um Christoph diesen Gedanken schnell aus dem Kopf zu schlagen, blieb mir nur eine Lösung: extreme Gegenmaßnahmen.

Also erhob ich mich langsam, mir seines liebevollen Blicks völlig bewusst, und schritt auf ihn zu. Bevor er etwas sagen konnte, packte ich seinen T-Shirt-Kragen. Zog ihn zu mir herunter, bis ich die Finger um seinen Nacken legte.

Für einen Moment wirkte er seltsam entrückt und ließ mich mein Manöver anstandslos durchziehen.

Ich küsste Christoph.

Drei Sekunden lang. Vielleicht waren es auch

vier.

Dann schob ich ihn von mir.

„Und hast du dabei etwas gespürt?", fragte ich ihn vollkommen ruhig und beherrscht.

Er starrte mich verblüfft an.

„Siehst du, ich auch nicht. Kein Funken, kein Kribbeln, kein Drang, dich auf der Stelle auszuziehen. Du bist eindeutig nicht mein Typ und schon gar nicht mein Mr. Grey."

Jetzt zog Christoph spöttisch die Augenbrauen hoch, er schien sich wieder gefangen zu haben. „Wir besprechen das mit dem Blog einfach beim nächsten Mal", meinte er schroff und wandte sich zur Tür. „Bis demnächst, Tanja."

Trotz meines Frontalangriffs reagierte er gar nicht so schlecht, ziemlich abgeklärt sogar. Das musste ich ihm anrechnen.

Dennoch hatte ich mir geschworen, dass ich keine stinknormale Beziehung mehr wollte, dementsprechend hakte ich den Kuss für mich bereits ab. Ich wollte etwas völlig anderes. BDSM. Heißen, verruchten Sex, sodass ich noch tagelang wund war. Dinge, die sich ein netter Typ wie Christoph bestimmt nicht vorstellen könnte.

Tag 24

Obwohl ich Christoph mit meinem Überraschungskuss gut abgewimmelt hatte, konnte ich nicht aufhören, über ihn nachzudenken. Ich wollte es auf gar keinen Fall! Dennoch kam mir wieder sein verwirrter Gesichtsausdruck in den Sinn, als ich den fehlenden Funken als Ausrede benutzt hatte. Vielleicht war es dumm, nach einem Kribbeln zu suchen, von dem ich bisher nur gelesen hatte. Aber wenn es tatsächlich existierte, wäre es der beste Beweis für meinen Mr. Grey.

Zwischen uns würden die Funken so sehr fliegen, dass wir die Luft in Brand setzten.

Trotzdem ließen sich meine Zweifel nicht verdrängen. Christoph hatte ja irgendwie recht, dass ich nicht Ana Steele nachstellen sollte. Zwei durchwachte Nächte und ein langes, entspannendes Vollbad dauerte es, bis mir klar wurde, dass mein Weg nicht funktionierte. Ich war nicht wie Ana, würde es nie sein.

Immerhin wusste ich Dinge durch das Lesen des Buchs, die Ana zu Anfang gar nicht ahnte. Außerdem ließ sich der Fakt, dass ich bereits ein ordentliches Sexleben hinter mir hatte, wirklich nicht leugnen.

Die Unschuldige zu spielen, war eindeutig der falsche Ansatz. Um meinen Mr. Grey zu finden, musste ich ausstrahlen, dass ich genau so jemanden suchte. Wie sollte ich der Männerwelt zu verstehen geben, dass sie mich übers Knie legen durften? Existierte ein verstecktes Zeichen, damit alle anderen direkt dachten: Oh, die steht auf BDSM, das wäre die Richtige für mich? Die will ich sofort hart rannehmen. Komm her und geh nie wieder weg!

Ehrlich gesagt, keine Ahnung, wie das gelingen sollte. Letzteres hatte sich noch nie ein Mann von mir gewünscht.

Bis auf die gewissenhafte Lektüre von *Shades of Grey* hielt sich meine Erfahrung mit BDSM in Grenzen, das musste ich mir eingestehen. Daher nahm ich mir vor, mein Wissen zu erweitern. Wenn ich verstand, wie der allgemeine Mr.-Grey-Fessel-Auspeitsch-Typ so handelte, wäre eine Suche nach ihm leichter.

Mein nächster Schritt lautete also: Versetze dich in dein Zielobjekt. Wie eine Löwin würde ich auf die Antilope warten, die an der Wasserstelle ihren Durst löschte, und schließlich meine Krallen in sie versenken. Nur hatte ich noch nicht herausgefunden, was das Pendant zu dieser Wasserstelle in der Welt des BDSM war.

Ich sagte den nächsten Computerkurs ab, damit Christoph genügend Zeit hatte, sich seine Gefühle für mich aus dem Kopf zu schlagen. So hätte ich nach meinem Feierabend auch genug Zeit für weitere Nachforschungen. Außerdem fürchtete ich, dass er mir den Überraschungskuss krumm nahm. Küsste man einfach so seinen Lehrer? Drohte einem dadurch nicht ein Verweis?

Christoph teilte meine Bedenken nicht. Er schickte mir sogar per E-Mail eine Kurzanleitung für die ersten Schritte des Blogs: *War so frei und habe dir schon das Wichtigste eingerichtet. Kannst loslegen, Mrs. Grey in spe.*

Viel zu nett der Typ. Christian hätte mein Handy gestalkt, mich mit dem Helikopter abgeholt, zur Strafe auf eine Streckbank gefesselt und danach sich die ganze Nacht an meinem Körper vergnügt. Als einsame Singlefrau blieb mir jedoch nur die Vorstellung davon.

Die so gewonnene Zeit nutzte ich für einen Besuch im nächsten Baumarkt. Nicht besonders originell, immerhin noch sehr dicht am Buch dran, aber irgendwo musste ich ja anfangen. Mein neuer Ansatz lautete, den Ort zu finden, an dem Männer wie Mr. Grey ihr Equipment kauften. Hanfseile gab es schließlich nicht in jedem Supermarkt und ein Andreaskreuz bestand im Grunde aus zwei Holzplatten. Meine Idee mit dem Baumarkt schien also nicht zu weit hergeholt.

Allerdings irrte ich eine geschlagene halbe Stunde durch die Gänge, ohne das kleinste Anzeichen meines Begehrs. Dabei gab es auf dieser riesigen Verkaufsfläche alles. Alles fürs Bad, Lampen für alle Räume, sowie alle Farben, die ich mir vorstellen konnte, nur eins nicht: Wo zur Hölle versteckten sich die Kabelbinder?

Kopfschüttelnd suchte ich die Gänge erneut ab. Sie lagen nicht bei den Schrauben. Auch nicht bei Kleinelektronik. Obwohl sie vom Grundprinzip her Kabel vor dem lästigen Verknoten bewahrten.

Dies war wieder einer dieser Momente, in denen ich es leid war, Single zu sein. Mir fehlte ein Mann mit Fachwissen an meiner Seite. Einer, der mich an der Hand packte, zum richtigen Regal führte und mir einen so verstohlen erotischen Blick schickte, bis mir ganz heiß wurde. Einfach, da wir beide wussten, wofür wir die Binder einsetzen würden.

Stattdessen lief ich zum Infostand und starrte ein paar Minuten ins Leere, bevor ein Mitarbeiter sich meiner annahm. Jedoch nur, um mir zu helfen - keine unterschwellig erotischen Blicke. Dann eben beim nächsten Einkauf.

Der emanzipierte Teil meiner Persönlichkeit dachte sich nichts dabei. Ich wusste, was ich wollte. Um es zu bekommen, waren Nachfragen nichts Schlimmes. Nur weil ich zu blind war, diese blöden Kabelbinder zu finden, musste ich mich nicht schämen.

„Wie kann ich Ihnen helfen?“, sprach der Verkäufer mich mit einer Freundlichkeit an, die ich gar nicht gewohnt war. Kein Wunder, dass Männer so gerne in Baumärkte gingen. Das Exemplar vor mir strahlte eine Aura aus, als wären wir schon jahrelang beste Kumpels und würden regelmäßig einen heben gehen. Ich entspannte augenblicklich und freute mich regelrecht auf seine Hilfe.

„Ich suche etwas." Als ich es aussprechen sollte, fühlte sich das Wort auf meiner Zunge dennoch seltsam an. „Kabelbinder", meinte ich mit gesenkter Stimme. Ich redete mit keinem Drogendealer, aber genauso benahm ich mich. Irgendwie war mein Lieblingsroman auch zu meiner Droge geworden.

„Oh", lautete die Antwort und der Mann begutachtete mich, als gehörte ich einer besonderen Spezies an. Oder stammte gleich vom Mars. Dabei konnte ich an meinem schwarzen Wollmantel und dem Seidenschal nichts Außergewöhnliches entdecken.

Hatte sich etwas in meinem Haar verfangen, was zu dieser Reaktion führte?

Wie zum Test strich ich mit den Fingern eine Strähne hinters Ohr, doch darauf reagierte er nicht. Ich jagte ihm wohl kaum einen Schrecken ein, weil ich meine eigene Frau stand und alleine heimwerkte.

„Eine Sekunde, bitte", sagte der Verkäufer nun forsch.

Hatte ich einen Artikel verlangt, den unsere Geschäfte gar nicht führten? Vielleicht konnte man Kabelbinder wirklich nur in amerikanischen Baumärkten erstehen. Wäre ein Elektronikgeschäft die bessere Wahl gewesen?

Kurz kam mir der Gedanke, dass Kabelbinder etwas unglaublich Spezielles waren, nur für Mr. Greys Zwecke erfunden. Bis ich mich erinnerte, wie viel Kabelwust Christoph damit in seinem Laden zurückdrängte.

Der Verkäufer betätigte einen Knopf an seinem Tresen und die Lautsprecheranlage knackte laut. „Frau Michaelis, bitte an die hintere Info." Plötzlich klang er leicht ängstlich, ja, richtig nervös. „Frau Michaelis, bitte sofort an die hintere Info", wiederholte er seine Ansage.

Das kam mir jetzt ein bisschen seltsam vor. Es musste ihm nicht peinlich sein, wenn er die Antwort nicht kannte. Meine Kolleginnen schickten mich auch oft vor, wenn sie keine Ahnung hatten, wo sich die neue Ware im Lager befand.

Trotzdem behielt der Mann mich die ganze Zeit fest im Blick, als fürchtete er, dass ich gleich etwas anstellte. Ich setzte ein beruhigendes Lächeln auf, doch er sackte nur noch weiter in sich zusammen.

Jene Frau Michaelis ließ zumindest nicht auf sich warten, zügig marschierte sie auf die Info-Theke zu. Ein schnelles Nicken Richtung Verkäufer und dieser verschwand in der Ferne. Er hinterließ zwar keine Staubwolke, aber viel fehlte nicht dazu. Er ergriff die Flucht vor meiner harmlosen Nachfrage und stürzte sich erleichtert auf den nächstbesten Kunden.

Auch Frau Michaelis musterte mich einen Moment fragend, ihr Blick glitt über meine Kleidung, als suche sie nach etwas.

„Sie möchten also Kabelbinder kaufen", stellte sie fest.

„Äh, ja. Woher wissen Sie das?" Der erste Verkäufer hatte dies mit keinem Wort erwähnt.

Die Dame lächelte gequält und bedeutete mir, den Gang hinunter zu gehen. Sie führte mich fort vom belebten Hauptweg in eine ruhige Ecke des Baumarkts.

„Kabelbinder", betonte Frau Michaelis erneut und jagte mir damit eine Gänsehaut über die Arme. Jedoch keine der guten, erotischen Sorte.

„Genau, die habe ich nicht finden können." Ich wies auf die Regale ringsherum. „Sind die hier versteckt?"

Die Dame baute sich vor mir auf und verschränkte die Arme hinter dem Rücken. Holte tief Luft, wartete, bis ich ihren strengen Blick erwiderte, und begann ihre Rede: „Als Baumarkt ist uns natürlich bewusst, dass wir Kunden nicht fragen dürfen, wofür die gekauften Artikel tatsächlich eingesetzt werden." Sie hob die Hand, als ich den Mund öffnen wollte. „Nein, bitte, sagen Sie es nicht."

Ich zuckte mit den Schultern und schluckte meine Worte herunter.

„Auf Anraten der Geschäftsleitung haben alle Mitarbeiter sich mit einem sehr bekannten Buch vertraut gemacht, um bei den erheblich steigenden

Verkäufen von Kabelbindern und Seilen besser reagieren zu können. Leider Gottes gab es einen Vorfall, bei dem sich unsere wertgeschätzten Kunden verletzt haben. Seitdem sind wir Mitarbeiter aller Märkte Deutschlands gesetzlich dazu verpflichtet, unsere Kunden auf mögliche Gefahren hinzuweisen."

Frau Michaelis ratterte mit einer Resignation diese Rede herunter, als müsste sie so ein Gespräch zehnmal die Woche führen. Währenddessen verkrampfte ich die Finger um meine Handtasche und wäre am liebsten im Boden versunken. Aber wenn ich beschämt den Kopf hängen ließ, stoppte Frau Michaelis und wartete, bis sie wieder meine vollständige Aufmerksamkeit innehatte.

„Weder die anderen Mitarbeiter noch ich möchten Ihnen zu nahe treten, allerdings möchten wir Sie auf Folgendes hinweisen." Jetzt wirkte die Dame wirklich gequält. „Bei der falschen, nicht fachgerechten Anwendung von Kabelbindern treten Verletzungen auf. Kabelbinder können die Haut einschnüren und sogar einschneiden. Auch die Klebebandrollen, die wir vertreiben, können Hautreizungen hervorrufen, Haare herausreißen oder schwerwiegende Hautabschürfungen verursachen. Daher weise ich Sie darauf hin, dass dieser Markt sich von sämtlicher Haftung freispricht, sollten Sie unsere Produkte für einen unüblichen, dem Heimwerken nicht entsprechenden Gebrauch verwenden."

Vor Schock und Entsetzen klappte mir der Mund auf, doch fehlte mir jegliche Erwiderung. Zum einem, weil der Markt davon ausging, dass ich die Kabelbinder direkt zweckentfremden wollte. Zum anderen schien jeder mein Lieblingsbuch zu kennen und so einige versuchten scheinbar den Inhalt nachzustellen.

Dass der Herr an der Infotheke dies sofort geschlussfolgert hatte, irritierte mich dennoch. Strahlte ich also sehr starke BDSM-Signale aus, wenn dies so einfach zu erkennen war? Wo war dann mein Christian? Wieso tippte er mir nicht jeden Moment auf die Schulter und lud mich in sein Spielzimmer ein?

Trotzdem hätte ich nie damit gerechnet, dass solche Verletzungen auftreten würden. Plastik war viel härter als eine Seidenkrawatte, so weit verständlich, aber gleich so krasse Unterschiede? Narben wollte ich von dieser Suche nach Mr. Grey eigentlich nicht davontragen.

„Glauben Sie mir, als Verkäuferin ist mir diese Warnung genauso unangenehm. Nur trauen sich die männlichen Mitarbeiter nicht mehr, da sich einige Kundinnen in ihrem persönlichen Freiraum angegriffen fühlten." Sie musterte mich erneut abschätzig. „Fühlen Sie sich angegriffen?"

„Nein. Nur überrascht, dass dieses Buch derart große Wellen schlägt."

„So oder so würde ich von Kabelbindern abraten, die Sie übrigens weiter hinten im Gang finden.“ Sie lächelte entschuldigend, als sie fortfuhr: „Allerdings passen Sie ins Profil.“

Oh. Ein breites Grinsen huschte auf meine Lippen und ich fühlte mich gleich zehn Zentimeter größer. „Sie finden, ich wäre eine Mrs. Grey?“

Die Mitarbeiterin stutzte einen Augenblick. „Nein, so meinte ich das nicht. Sie haben diesen sehnsuchtsvollen, fast schon verzweifelten Blick wie all die anderen. Ich wünsche Ihnen viel Glück beim Nachstellen des Buchs, nur bitte ohne Produkte unseres Marktes.“

Damit ließ Frau Michaelis mich stehen. Kabelbinderlos und ratlos dazu.

Wie bei den meisten Reinfällen kannte ich nur eine gute Möglichkeit, meinen Frust zu bekämpfen: shoppen.

Zwar ging ich Frau Michaelis so gut wie möglich aus dem Weg, doch verließ ich den Baumarkt mit einem neuen Teppich, einem Ficus samt Übertopf und zwei Eimern Farbe, mit denen ich meine Balkonbrüstung neu streichen würde.

Mr. Grey ließ weiter auf sich warten, dafür hatte ich meine Kreditkarte erleichtert und mir zumindest eine Beschäftigung verschafft, sollte meine Suche sich noch lange hinziehen.

Kaum aus dem Baumarkt raus kam mir der Gedanke, dass ich die Zeit in meinen Blog hätte stecken können.

Als ich alles im Subaru verstaut hatte, griff ich

nach meinem Smartphone und rief spontan im Computerladen an. Nach dem zweiten Klingeln nahm Christoph ab.

„Ist es schon zu spät, zum Kurs zu kommen? Ich muss ganz schnell lernen, wie man einen Blog aufbaut." Außerdem brauchte ich eine größere Reichweite. Heute hatte ich nur mit einem Mann gesprochen und der kam für meinen Mr. Grey nicht infrage. Bei der Arbeit würde ich mich so etwas nie trauen – also wie sollte ich sonst jede Menge Männer kennenlernen, die das Thema auch interessierte?

Christoph zögerte, bevor er meinte: „Klingt, als hättest du einen interessanten Tag gehabt."

„Mir wurden die Kabelbinder-Leviten gelesen."

Ich hörte tausend unausgesprochene Fragen in dem Schweigen, das nun folgte.

„Wie bei diesem Aufkleber auf den Zigarettenpackungen. Vorsicht, Kabelbinder können gesundheitliche Schäden auslösen", scherzte ich.

Christoph atmete jedoch erleichtert auf. „Wenn es dir nichts ausmacht, dass ich noch einen Laptop fertig aufspielen muss, gebe ich dir gern einen Crashkurs."

„Bis gleich."

Diese Geschichte konnte ich schlecht für mich behalten, sondern musste sie mit der Welt teilen. Wer rechnete schon damit, dass Baumärkte ihre Mitarbeiter auf BDSM-Novizen ansetzten? Mein Mr. Grey würde sich genauso herrlich darüber amüsieren wie ich mich gerade im Moment.

Den ersten Schritt in die Welt des BDSM hatte ich hinter mich gebracht. Eins nach dem anderem, ermutigte ich mich und machte mich auf den Weg zum Computerladen.

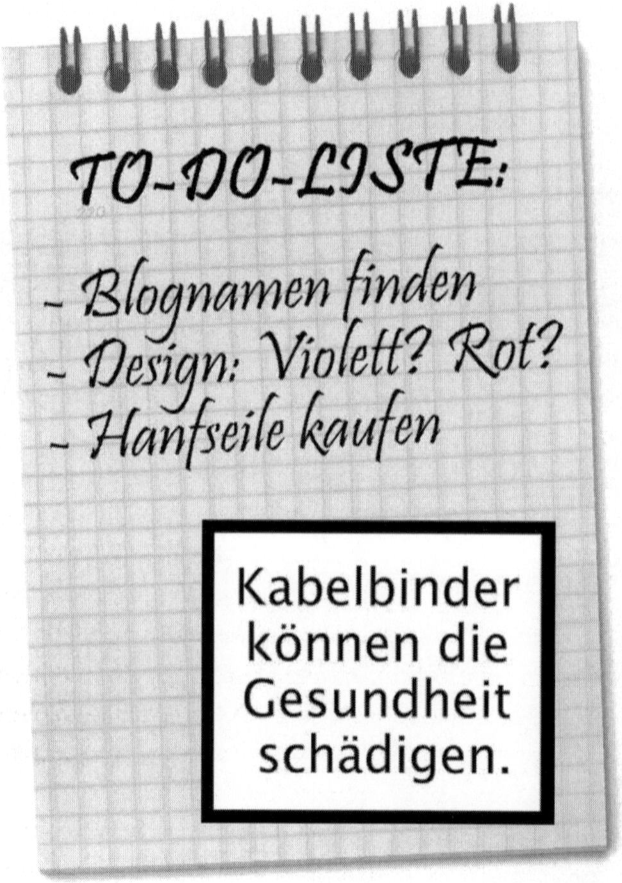
TO-DO-LISTE:
- Blognamen finden
- Design: Violett? Rot?
- Hanfseile kaufen
Kabelbinder können die Gesundheit schädigen.

Tag 25

So langsam packte mich die Torschlusspanik. Mein Ziel war kühn gesetzt gewesen, fünfzig Tage waren nicht einmal zwei Monate, um den perfekten Mann zu finden. Jetzt blieben mir noch drei gute Wochen.

Das Einrichten des Blogs hatte mich bei meinem Schlachtplan deutlich zurückgeworfen, dafür schien ich nach zwei Artikeln schon Stammleser gefunden zu haben. Frauen, die mein Lieblingsbuch schätzten wie ich, und sich ebenso nach ihrem eigenen Mr. Grey verzehrten. „Lies mir die Kabelbinder-Leviten" hatte sich zu einem genauso festen Begriff gemausert wie der Standardsatz unseres BDSM-Gotts.

Die nächste Verzögerung lieferte mir meine beste Freundin Maren. Braun gebrannt und tiefenentspannt trat sie am Freitag ihren ersten Tag nach ihrem Urlaub an. Wie immer hatte sie dies perfekt gelegt, sechs Stunden in der Boutique und danach erwartete sie das Wochenende.

Wie ich meine beste Freundin kannte, verschaffte sie uns tatsächlich die Möglichkeit, über alles in Ruhe miteinander zu quatschen, was in den zwei Wochen ihrer Abwesenheit passiert war. Wir meldeten uns freiwillig, die nächste Großlieferung von Kleidungsstücken anzunehmen und zu sortieren. Im Laden musste alles perfekt aussehen, Zulieferern hingegen war es gleich, wie chaotisch die Ware eintrudelte.

Neue Ware einzusortieren, hieß so viel wie: Einen Vormittag lang Kisten öffnen, auspacken, umlagern und zum Schluss die ganze Pappe vernichten. Also viel Zeit zum Reden. Denn solange wir dabei fleißig waren, störte sich unsere Chefin nicht an unseren Gesprächen.

Maren war nicht nur einen Kopf größer, sondern auch doppelt so mutig und selbstbewusst wie ich. Sie war keine Männerverschlingerin. Aber wenn ihr ein interessantes Exemplar gegenüber in der Bahn saß, verwickelte sie den Mann in ein Gespräch, bekam seine Nummer und im besten Falle eine Beziehung, die über mehr als nur ein paar Wochen funktionierte.

An diesem Freitag war ich nicht nur auf ihre offene Art neidisch, die Männer praktisch anzog, die Zeit auf Kuba hätte ich auch gern genossen. Ich beneidete sie um ihren bronzefarbenen Hautton und das Leuchten in ihren Augen, wenn sie von den Stränden, dem Essen und den Menschen vor Ort berichtete.

„Komm schon“, meinte ich nach einer Weile, „da war noch mehr. Oder ist das Land der pure Glücklichmacher?“

Maren grinste breit, während sie Plastikfolie zusammenknüllte. „Sein Name war Juan."

„Wusste ich's doch!", lachte ich lauthals. Sie hatte es schon wieder geschafft.

„Er ist Tauchlehrer", erzählte sie. „Wir haben uns am zweiten Tag kennengelernt und jeden A-bend zusammen verbracht."

„War der Sex gut?"

„Genial, da kommt kein Europäer gegen an", schwärmte Maren weiter. Ich nahm ihr den Müll ab, den sie wie eine Puppe knautschte.

Maren ließ mich einen Moment lang zappeln, um meine Neugier noch zu steigern.

„Und weiter?", forderte ich. „Wie haltet ihr Kontakt?"

Jetzt war es Maren, die schnaubte. „Gar nicht. Wir wussten beide, dass es nur ein Urlaubsflirt war. Der Sex hat das allemal wettgemacht."

So war meine Freundin schon immer gewesen, sie packte jedes leidenschaftliche Abenteuer am Schopf, sobald sie es entdeckte.

Ich ging da viel methodischer und vorsichtiger vor. Allein bei dem Gedanken, mit meinem Tauchlehrer eine heiße Affäre zu beginnen, hätte ich mich erst zehnmal umentschieden, bevor ich mich getraut hätte.

„Du hast mich genug ausgequetscht", meinte sie nach einer Weile. „Erzähl mal, wie es bei dir gelaufen ist. Du hast mir zwar was in deiner Mail von diesem Albrecht erzählt, aber wie war er denn so?"

„Fies“, antwortete ich prompt und meine Stimmung krachte ins Bodenlose. Anstatt mich auf unsere Unterhaltung zu konzentrieren, dachte ich nur an den kalten Blick dieses Mannes, als er mich aus seinem Büro geschmissen hatte.

Maren bemerkte diese Gemütsveränderung sofort und hielt in ihrer Arbeit inne. Tröstend legte sie mir den Arm auf die Schulter. „Leg los, Tanja.“

Und ich erzählte ihr von meinen Nachforschungen sowie dem Plan, wie Anastasia Steele zu sein.

Mehr und mehr wurde Maren von Lachkrämpfen geschüttelt, als ich ihr von meiner Aufmachung beim Interview berichtete.

Sie kannte das Buch.

Noch besser kannte sie allerdings mich.

Anscheinend fielen ihr nicht die Ähnlichkeiten auf, die ich mit Anastasia teilte. Als meine beste Freundin nahm ich ihr das jedoch nicht krumm.

„Davon muss ich ein Foto haben, bitte, das will ich sehen! Du in so einem Kleid!“, keuchte sie vor Luftmangel.

Irgendwie konnte ich ihre Schadenfreude verstehen. In unserem Job waren wir angehalten, gut auszusehen. Wir mussten das stilvolle und elegante Bild unserer Boutique vermitteln - was hieß, Pumps oder Heels, modische Kleider, und aufwendige Hochsteckfrisuren. Das Gehalt entschädigte durchaus den Aufwand und mit den Jahren in meinem Job hatte ich mich an dieses Aussehen gewöhnt. Ich war mir nicht mal sicher, ob ich mehr als eine Jeans im Schrank zu hängen hatte. Mich in einen Mauerblümchen-Look zu zwängen, musste also wie ein schlechter Aprilscherz klingen. Sogar Christoph hatte es als Karnevalskostüm abgetan und der sah mich nur zweimal in der Woche.

„Warum gehst du nicht erstmal in einen Sexshop und besorgst dir ein bisschen Ausrüstung?“, schlug Maren vor.

„Klingt, als wollte ich Klettern gehen.“

„Im Ernst. Was machst du, wenn du deinen Mr. Grey findest, er dich zuhause besucht, weil er dich hart rannehmen will und du kein Spielzeug da hast? Den Pfannenwender nehmen?“

„Wie kommst du bitte darauf?“

„Hab ich in einem Buch gelesen. Schmerzt ganz schön.“

Ungläubig starrte ich sie an und besann mich wieder auf meine Arbeit. Die Kleidung würde sich nicht von selbst sortieren.

„Ich habe doch keine Ahnung, wo es solche Shops gibt. Steht sowas im Branchenbuch?“, erwiderte ich, damit sie Ruhe gab. Da mir beim Fahren durch die Stadt nie einschlägige Geschäfte auffielen, waren diese bestimmt rar gesät. BDSM gehörte halt zu den Leidenschaften, die nur wenige Leute ausübten. Ein ganz erlesenes Hobby.

Wenn ich genau darüber nachdachte, kannte ich nur ein Sexkino ein paar Straßen weiter. Aber das war mit seiner riesigen Beschriftung so auffällig, das konnte niemand übersehen.

Wir waren allein im Lager, also zückte Maren gleich ihr Smartphone, tippte meine Adresse plus Sexshop bei Google ein und zeigte mir das schockierende Ergebnis.

„Ach, du scheiße!“, rutschte es mir heraus und ich bat sie, die Suche zu wiederholen.

Beim zweiten Mal erschienen noch mehr Ergebnisse.

„Nettes Viertel, vielleicht sollte ich umziehen“, scherzte Maren.

Im Umkreis von zwei Kilometern existierten zwei Sexshops, das eine Sexkino, das mir bereits eingefallen war, sowie mehrere Bordelle. Wieso wusste ich davon nichts? Gerade die Bordelle lagen mitten in den Wohnblöcken meines Bezirks. Entweder schien niemandem etwas aufgefallen zu sein oder die wenigsten störten sich an dieser Tatsache.

Wie man sich da wohl als Nachbar fühlte? In unserem Miethaus wurde sich schon aufgeregt, wenn die Musik mal zu laut aufgedreht wurde. Aber gedämpfte Sexgeräusche waren eine ganz andere Kategorie.

„Wieso weiß ich das nicht?“, wiederholte ich. Legte Maren mich rein? Ich schnappte mir ihr Smartphone, konnte jedoch nichts Verdächtiges an ihrer Suchanfrage finden. Tja, so sah also die Realität aus, ich lebte inmitten eines Sexgewerbes. Nur ich hatte davon nichts.

Maren kicherte vergnügt bei meinem Gesichtsausdruck. „Sag mir nicht, du warst noch nie in einem Sexshop, Tanja?"

„Und wenn?"

„Solltest du das so schnell wie möglich ändern." Sie sprach dies mit so viel Selbstvertrauen aus, als wäre sie eine Stammkundin und würde sich einmal die Woche mit neuem Spielzeug eindecken.

„Weißt du etwa auswendig, was so ein Shop anbietet?", wehrte ich ab. War es so schlimm, dass ich mich nie getraut hatte?

„So leicht kommst du mir nicht davon", stichelte Maren. „Ich werde nichts verraten, das darfst du allein herausfinden, meine Liebe."

„Jetzt hab dich nicht so."

„Du willst mehr über", sie sah sich nach unserer Chefin um und senkte die Stimme, „BDSM wissen. Also fühl dich in die Materie ein und nimm die Dinge in die Hand, Tanja."

Ich starrte sie mit großen Augen an.

„Du musst lernen, wie man fesselt, bevor du es mit deinem Kerl probieren kannst." Maren machte sich daran, den nächsten Schwung Kleidung auszupacken.

„Warum? Ich will doch gefesselt werden."

„Und was, wenn er dich sitzen lässt, weil er das geil findet?" Maren hielt einen Finger hoch und wackelte damit durch die Luft. „Nackt und gefesselt auf seinem Bett, während er was essen geht, seine Kumpels einlädt oder eine Partie Fußball schaut. Stundenlang, Tanja, bis er irgendwann mal Lust und Laune hat, dich wieder zu befreien?"

Erneut grölte sie über ihren Scherz, aber ich bekam bei dem Gedanken einen Schweißausbruch. Das war alles andere als eine schöne Vorstellung.

„Na, also. Mit ein bisschen Übung kannst du dich dann selbst befreien."

Ich lächelte schwach und wechselte schleunigst das Thema. Wobei meine Freundin es nur gut meinte, sie gab mir einen Rat, bevor ich mich in Schwierigkeiten brachte. Doch deswegen gleich einen Sexshop aufsuchen? Gingen da nicht die ganzen Notgeilen hin? Um sich mit Pornos und Heftchen zu versorgen? Nur wo sollte ich meine Ausrüstung herbekommen, wenn nicht dort? Mit einem Pfannenwender oder Wischmopp wollte ich meinen zukünftigen Mr. Grey nicht verprügeln. Bei dem Anblick würde er bestimmt sofort verschwinden.

Tag 28

Tatsächlich traute ich mich erst am Montag, die Expedition in den Sexshop zu wagen. In der Boutique meldete ich mich krank, Magenverstimmung, und mit genauso flauem Magen machte ich mich auf den Weg. Also, ich versuchte es zumindest. Kaum auf der Straße trat ich wieder den Rückweg an. Das war eine blöde Idee, denn was würde mein Mr. Grey von mir halten? Als Frau marschierte man doch nicht einfach in so einen Laden. Oder? Für Maren wäre das sicher keine große Sache, aber sie ging so unbekümmert mit Sexualität um wie sonst keiner meiner Freunde.

Ein bisschen später startete ich einen zweiten Versuch. Gut getarnt mit Kopftuch und Sonnenbrille – beinahe wie die Schauspielerin aus *Frühstück bei Tiffany*. So sollten mich weder Familie noch Kollegen erkennen, wenn ich ihnen zufälligerweise begegnete.

Keine Ahnung, warum mir das so peinlich war, dennoch fühlte ich mich unglaublich verrucht. Wieso war ich nicht schon früher auf den Gedanken gekommen, dass ein potenzieller Mr. Grey in so einem Laden seine Spielzeuge einkaufte? Irgendwie gefiel mir die Vorstellung nicht, dass mein

Traummann online bestellte und sich per Post alles nach Hause liefern ließ.

So etwas passte mehr zu Christoph, der Stammkunde beim größten Onlineshop Deutschlands war.

Und schon wieder hatte er sich in meine Gedanken geschlichen! Dabei sollte die Sehnsucht nach meinem Mr. Grey diese bestimmen.

Ich schaffte tatsächlich den Weg bis zum Shop. Doch huschte ich zunächst in den Bäcker auf der anderen Straßenseite und kaufte mir Kaffee sowie ein Plunderstück zur nervlichen Stärkung. Auskundschaften - so sah mein Plan aus. Ich musste mich davon überzeugen, ob ein Sexshop wirklich der geheime Treffpunkt für meine Traumtypen war. Wenn sie in ihren maßgeschneiderten Anzügen ins Geschäft marschierten, würde ich es schnell erkennen.

Viel zu betrachten gab es allerdings nicht. Die Straße war keine Hauptverkehrsader, sodass es kaum Geschäfte und noch weniger Passanten gab. Dazu bot der Sexshop auch keine Einsicht. Die Fenster waren komplett mit Folie beklebt, die Fassade in neutralem Weiß gehalten, daher fiel er auf den ersten Blick überhaupt nicht auf. Bis auf das selbst erklärende Ladenschild. Natürlich lag das an den vielen Artikeln, die nicht für die Augen Minderjähriger bestimmt waren, immerhin liefen sicherlich Kinder am Shop vorbei. Dennoch hatte ich mir dies ein wenig spektakulärer vorgestellt.

Ein bisschen wie Pandoras Büchse, wenn die erst einmal geöffnet war …

Beim Knabbern meines Kuchenstücks überraschte ich mich aber mit einer weiteren Überlegung. In der Boutique probierten Kunden Kleidungsstücke an, um zu prüfen, ob sie ihnen passten und gefielen. Selbst in einem Drogeriemarkt gab es Testprodukte.

Wie funktionierte dies bei einem Sexshop? Meinen Dildo hatte ich online bestellt, und meine sexy Dessous kaufte ich nicht an so einem Ort. Sondern in einer teuren Boutique in der Innenstadt.

Ich war ein klein wenig ratlos.

Mit glühend roten Wangen spionierte ich also eine gute Stunde das Geschäft aus. Meine Nervosität schlug in Ungeduld um und verwandelte sich schließlich in Enttäuschung. Kein Mr. Grey in Sicht, die mussten alle einen anderen Laden aufsuchen. Allerdings kam es noch schlimmer: absolut niemand betrat den Sexshop oder kam aus ihm heraus.

Der Verkauf von Sextoys lief an einem Montagmittag wohl nicht so gut. Da mussten die BDSM-Fans anscheinend alle arbeiten, saßen in Meetings fest oder führten Telefonkonferenzen.

Bevor der Inhaber der Bäckerei mich noch hinauswarf, machte ich mich daran, die Straße zu überqueren. Ich würde mich dieser neuen Erfahrung stellen. Schnellen Schrittes steuerte ich auf mein Ziel zu, denn letzten Endes würde ich nur so meinen BDSM-Sexgott auf mich aufmerksam machen.

Trotzdem marschierte ich erst einmal die Straße rauf und wieder herunter. Was würden die Passanten denken, wenn eine Frau dort hineinspazierte? Die hat's nötig? Für Männer war dies einfacher. Die machten mit achtzehn eine Mutprobe daraus und fertig. Kauften irgendeinen Blödsinn und gaben dann groß vor ihren Kumpels an.

Maren würde mich nur auslachen, wenn ich jetzt kniff.

Ich könnte immer noch meine Sachen im Internet bestellen. Da gab es bestimmt etwas wie ein BDSM-Starterset, alles, was die schmerzgeile Frau zur Erfüllung braucht. Aber im Netz wurde einem ja alles Mögliche angeboten, was sich hinterher als Blödsinn herausstellte. Oder billiger Schrott aus fragwürdigem Material war.

Außerdem sollte ich die Dinge doch selbst in die Hand nehmen – daran wollte ich mich halten.

Bevor meine Zweifel sowie meine Panik, gleich Mr. Grey zu treffen, überhandnahmen, sprintete ich über die Schwelle und direkt hinein. Glück gehabt, die Tür schwang nach innen auf. Vor meinem geistigen Auge sah ich mich schon wie eine Irre gegen die gläserne Front knallen. Das wäre zu peinlich gewesen.

Komplett außer Atem blieb ich im Eingangsbereich stehen. Der Verkäufer am Tresen schaute kurz in meine Richtung, dann gab er wieder vor, in einem Buch zu lesen. Mein Herz pochte mir bis zum Hals und ich betrat den heiligen Konsumtempel, der mich mit allen Gütern der Lust ausstatten würde. Ich stellte mir eine Kammer der Erregung vor: ochsenblutrot tapezierte Wände, Regale aus dunklem Holz, schummriges Licht und alle Lack- und Lederwaren stilvoll ausgebreitet, im schwachen Kerzenflackern schimmernd.

Ein Ort, an dem ich meine dunkle Seite frönen konnte ...

„Wenn Sie was sehen wollen, sollten Sie die Sonnenbrille abnehmen“, riet mir der Verkäufer spöttisch. „Alles, was Sie sonst aus Versehen beschädigen, müssen Sie kaufen.“

Welch freundlicher Zeitgenosse.

Ich folgte seiner Anweisung und setzte die Brille ab, zog dennoch mein Tuch tiefer ins Gesicht. Noch wollte ich meine Tarnung nicht völlig aufgeben.

Huch! Wo war ich denn hier gelandet? Wo waren die mit Samt verkleideten Wände?

Also die Regalsysteme verwendete zu tausend Prozent auch mein Drogeriemarkt! Weiß und unauffällig, während die einzelnen Reihen die Waren präsentierten. Wieso war das hier alles so ... nett? Die Wände hell getüncht, ganz normale Leuchtstoffröhren an der Decke und die Musik eines lokalen Radiosenders erklang leise im Hintergrund. Ich hatte mich auf Gestöhne und Schmerzenslaute eingerichtet, nicht auf einen Supermarkt für Sextoys.

Bin ich im falschen Geschäft?, fragte ich mich entsetzt. Der Verkaufsraum wirkte überhaupt nicht lasterhaft. Hier hätte auch alles andere angeboten werden können.

Bevor ich mich weiter umsah, verschwand ich wahllos zwischen den Regalen, damit der Verkäufer mich nicht nervte. Mit dem würde ich mich früh genug herumschlagen müssen. Plötzlich stand ich vor einer Vielzahl von erotischen Magazinen und Filmen. Titel wie ‚Heidi und ihre Alpen', ‚Piraten in feuchten Gewässern' oder ‚Schneewittchen und ihre sieben Ständer' wirkten ja ungewollt komisch, doch die Invasion von Riesenbrüsten, gewaltigen Penissen und Haut, Haut, Haut ließ mich stutzen. Hatten die überhaupt noch was an?

Und wie schmiss man sich in die abgebildeten Verrenkungen und Posen? Ich kannte nicht das halbe Kamasutra, aber beherrschte die eine oder andere Stellung, doch das hier ... Wow. Das erklärte, warum Christian von seiner Ana so viel Fitness verlangte. Das war ja wie Akrobatik.

Ich legte den Kopf schief. Die Fotos wurden dadurch nicht weniger abenteuerlich.

„Kann ich Ihnen weiterhelfen?", erschreckte mich der Verkäufer, der auf einmal hinter mir auftauchte.

„Nein", wiegelte ich ab. Ich suchte was ganz Bestimmtes. Die Grundausstattung für mein eigenes Spielzimmer. Plus einen Spielgefährten, den es hier leider nicht im Sortiment gab.

„Sie wissen ja, wo Sie mich finden. Und keine Scheu vor Fragen, spätestens an der Kasse machen wir eine Ausweiskontrolle. Dann lernen wir uns näher kennen.“

„Was? Sehe ich aus wie minderjährig?“, erwiderte ich spitz.

„Natürlich nicht.“ Der Verkäufer machte sich bereits wieder auf den Weg zurück. „Aber alle Kunden werden amtlich festgehalten. Das ist Standard.“

„Schönen Tag noch“, murmelte ich und marschierte zum Ausgang.

Nur das schallende Lachen des Verkäufers ließ mich innehalten. „Mensch, das funktioniert bei euch Neulingen auch immer wieder. Keine Panik, Schätzchen. Ich verzieh mich, und du hab deinen Spaß.“

Immer noch lachend schlurfte er Richtung Tresen, während ich meinen Schrecken niederkämpfte. Nicht lustig, dass mich in den letzten Tagen jeder verarschte. Oder war das gang und gäbe für die Welt, in die ich eintauchen wollte?

Trotzdem war es das Letzte, dass der Scherzkeks sich über meinen ersten Besuch im Sexshop lustig machte. Woher wusste der das überhaupt? Sah man mir das an der Nasenspitze an? Verdammt, viele Dinge bildeten erste Male im Leben. Warum fand es denn niemand gut, dass ich mich das traute? Oder musste ich erst Mr. Grey finden, damit meine Mühen belohnt wurden?

Ich wollte Maren anrufen und ihr mein Leid klagen, aber sie musste bestimmt meine Schicht übernehmen.

Bevor der Verkäufer mich erneut ansprach, marschierte ich zur nächsten Auslage und hob wahllos etwas hoch. Erblickte ein violett glitzerndes Ding und ließ es vor Schreck fallen. Beim Aufprall schaltete es sich an, sodass es zuckend und rüttelnd brummte. Ich starrte es nieder, als wäre es ein Alien. Zwar besaß ich einen Dildo, doch dieser Vibrator hier hatte einen kleinen Delphin angebracht, der den Kitzler massieren sollte.

Ganz vorsichtig hob ich ihn mit zwei Fingern hoch und schaltete ihn aus.

Die Gefühlsachterbahn rauschte in die nächste Runde und ich konnte ein Kichern nicht unterdrücken. Welche Frau verspürte den Wunsch, von einem Delphin gefingert zu werden? Mal abgesehen davon reichte der Vibrator fast an die Länge meines Unterarms heran.

Ich legte das Monster wieder zurück. Schließlich war ich auf der Suche nach Handschellen, einer Peitsche und derartigen Dingen.

Dafür musste ich zunächst die elektronischen Freunde hinter mir lassen. Freudenspender in allen Größen, Farben, leuchtend und mit einem reißerischen Werbespruch nach dem anderen. Unglaubliche Lust, explodierende Orgasmen, danach würde man nie wieder einen Mann wollen. Tja, wer sich an die Monstergröße gewöhnte, würde wohl auch nie einen Mann finden, der damit mithalten konnte.

In der nächsten Ecke lagerten Kostüme für die gängigen Rollenspiele im Schlafzimmer. Wie bei den Zeitschriften reihten sich auch hier unzählige Verpackungen mit Hochglanzfotos aneinander, die ein bisschen wie Pornos anmuteten. Nur die Kleiderständer erinnerten mich an meinen Job, obwohl wir niemals solche Fummel verkauften. Federboas, Schwesterntrachten, Polizeiuniformen, Superheldinnen, die Auswahl war groß. Jedoch kein Ana-Steele-Outfit. In Gedanken notierte ich mir die verbreitetesten Hersteller, denen ich demnächst eine Geschäftsidee unterbreiten würde. Damit würde ich bestimmt zur Millionärin werden. ‚Braves Schulmädchen will von dir versohlt werden' klang genau richtig als Werbespruch.

Bei den sexy Polizistinnenuniformen fand ich endlich ein paar Handschellen. Obwohl diese mit rosafarbenem Plüsch ausstaffiert waren, glitten meine Finger sofort über den Stoff. Er war so unglaublich weich. Viel weicher als ich es mir vorgestellt hätte, viel angenehmer als Kabelbinder. Die waren auf jeden Fall gekauft.

Der Gang endete beim Tresen und nun musste ich mich wieder dem Scherzkeks von Verkäufer stellen. Der Shop bot zwar Spielzeug, Kostüme und allerlei Krimskrams wie Gleitgel oder Libeskugeln, aber nichts, was ich begehrte. Wo war die

Sadomaso-Abteilung versteckt? Etwa im Keller?

„Ich suche doch etwas", flüsterte ich fast und hielt meine Handschellen umklammert.

Der Scherzkeks schaute von seinem Buch hoch und klappte es zu. Erstaunlicherweise beschäftigte er sich mit Kant. Vom Alter her könnte der Kerl Student sein. Mir drängte sich das seltsame Bild auf, wie er mit dem Verkauf von Dildos und Kondomen seinen Bachelor finanzierte.

„Was denn?" Zum Glück ließ er die philosophischen Ergüsse im Geschäft bleiben.

Ich legte die Handschellen auf den Tresen. „Gibt es nur das Modell oder noch mehr davon?"

„Ach so." Er grinste mich breit an. „Eine Leseratte."

Was sollte das schon wieder heißen?

„Den Gang lang", er nickte mit dem Kopf in die passende Richtung, „rechts hinter der Vitrine musst du durch den Vorhang, aber nicht zu laut schreien."

„Wieso sollte ich schreien?", konterte ich.

„Das habt ihr SoG-Verrückten bisher alle gemacht."

Ich blinzelte verwirrt, bevor ich seinen Satz verstand. Ja, war es denn die Möglichkeit? Schwebte über meinem Kopf etwa ein Spruchband? Die hier ist auf der Suche nach Mr. Grey, die hier will BDSM erleben.

„Du kennst das Buch auch?", fragte ich völlig entsetzt und deutete Richtung Kant. „Ist dir das nicht zu trivial?“

Er zwinkerte mir zu. „Will ja meine Freundin glücklich machen.“

Na toll. Während ich eine ernst gemeinte Suche nach meinem Traumpartner führte, spielte der Kerl sich auf, um Sex zu bekommen.

„Ich werde nicht schreien.“ Aus Protest knallte ich die Handschellen auf den Tresen, damit er meine Entschlossenheit zu spüren bekam. „Die will ich auf jeden Fall.“

Von unserem kleinen Austausch angelockt näherte sich ein Anzugträger und musterte uns neugierig. Schnell schweifte mein geschulter Blick über den feinen Stoff, die edlen Schuhe und die lederne Aktentasche. Treffer! Da tauchte mein erster Kandidat auf und fühlte sich von meiner BDSM-Aura angezogen. Hallo Christian ... wollte ich schon sagen, doch meine Worte blieben mir im Halse stecken. Der Mann hielt nicht nur eine Riesenpackung Kondome mit Erdbeergeschmack in der Hand, sondern auch ein Kostüm. Also entweder besaß er bereits eine Partnerin oder einen sehr seltsamen Kleidergeschmack. Wobei ich mich nicht über Geschmack streite. Ich möchte verhauen werden, der Typ ein Supergirl an seiner Seite haben. Oder sein ...

Ich biss mir also auf die Lippen und machte mich erneut auf den Weg durch den Gang der glitzernden Mega-Vibratoren. Wieso war hier eigentlich alles in Übergröße, was in irgendeine Körperöffnung passte?

Kaum hatte ich den Vorhang beiseitegeschoben, verstand ich die Warnung des Verkäufers. Denn ich schrie tatsächlich auf, jedoch nicht vor Schreck, eher vor freudiger, kribbelnder Erwartung. Genau das hatte ich gesucht! Im anliegenden Raum waren die Wände mit einer tiefroten Stofftapete bezogen und die abgedunkelten Fenster sorgten gleich für eine düstere Atmosphäre. Glasvitrinen waren auf einem dunklen Holzboden aufgestellt und statt des lokalen Senders herrschte ehrfürchtige Stille vor. Selbst meine Schritte hallten laut wieder.

Peitschen in verschiedenen Größen und mit unterschiedlich vielen Riemen, aus Leder, aus allen möglichen Materialen. Flogger, Paddles, Klammern, Halsbänder, Fesseln, Masken, Outfits - ich musste nicht mehr nur darüber lesen. Jetzt konnte ich sie anfassen, in den Händen wiegen und hoffentlich bald ausprobieren. Und sogar ein paar Strafbänke und ein Andreaskreuz! Zum Spaß stellte ich mich davor und tat, als wäre ich gefesselt, bis ich das Preisschild sah. Heftig! Ich würde erstmal mit ein bisschen Spielzeug anfangen und mir Luft nach oben lassen.

Ansonsten war ich im Bondage-Himmel gelandet!

Halt … der Bondage-Hölle? Wie hieß es denn richtig?

Wie auch immer – hier gehörte ich hin.

Die Arme voller neuer Schätze eilte ich zurück zur Kasse.

„Na, da hast du deinen Prügelknaben wohl schon gefunden, Leseratte“, spottete der Verkäufer, als ich meine Errungenschaften ausbreitete.

„Noch so ein dummer Spruch“, ich ließ die Gerte zwischen meinen Fingern rotieren, „und du wirst schon sehen, wer verprügelt wird.“

Nicht, dass ich eine innere Göttin wie Ana besaß. Falls doch, dann grinste sie gerade, tanzte und schälte sich galant in ein Lederkostüm. Bereit, sich fesseln und auspeitschen zu lassen.

Mein Mr. Grey würde sich auf einiges gefasst machen müssen, wenn er endlich in mein Leben trat.

Tag 30

Den Rest des Montags kam ich nicht dazu, die Sachen auszuprobieren, da Maren mich am Telefon nach meinem Abenteuer im Sexshop aushorchte. Meine plötzliche Krankheit hatte sie mir natürlich nicht abgenommen. Am Dienstag nach der Arbeit fand mein regulärer Kurs statt. Ich arbeitete mich derart in das Thema Bloggen ein, dass ich bis kurz vor Mitternacht am Computer saß. Ganz der nette Typ brachte mich Christoph sogar bis zu meinem Auto, erwähnte von unserem Überraschungskuss allerdings nichts mehr. Jedoch war Harald die komplette Zeit in Hörweite gewesen, daher konnte es auch daran gelegen haben.

Erst am Mittwoch, an Tag 30, konnte ich mich meiner neuen Leidenschaft widmen. Ich würde die innere Sklavin in mir erwecken - so hatte ich meine innere Göttin nun umbenannt. Die richtige ließ nämlich immer noch nichts von sich hören. Da kein Mr. Grey in Reichweite schien, um sie hervorzukitzeln.

Beim Aufreihen meiner neuen Sextoys fühlte ich mich wie nach einem Einkauf im Möbelhaus. Einen Couchtisch voll Lack- und Lederzeugs und ich hatte keine Ahnung, wie ich weitermachen sollte. Was macht also die moderne Single-Frau?

Genau, sie öffnet eine Flasche Rotwein und probiert wild drauf los. Keine Ahnung, wofür das alles gut sein sollte, aber beim Möbelkauf entsteht letztendlich auch ein schöner neuer Schrank oder ein bequemes Bett.

Mit dem erleichterten Gefühl wenigstens eine BDSM-Novizin zu sein, schenkte ich mir Wein nach. Der leichte Rausch tat sein Übriges dazu, dass ich kichernd meine neuesten Errungenschaften untersuchte.

Da mir dies nicht reichte - immerhin würde jeder Mr. Grey sofort wissen, dass ich die Handschnellen und Peitschen nur angetippt hatte - wagte ich mich einen weiteren Schritt vor. Ich zwängte mich in das Lederkorsett, das ich im Sexshop erstanden hatte. Der Traum, eine sexy Sklavin zu sein und jede Menge unglaublich heißen Sex zu haben, rückte in greifbare Nähe.

Hauptsache mein Mr. Grey hatte eine Idee, wie er mich aus dem Korsett befreite, denn das Ding spannte und drückte wie eine unangenehm enge, zweite Haut.

Darin auf dem Sofa zu sitzen, war fast unmöglich und schnürte mir die Luft ab. Hoffentlich würde ich solche Gedanken nicht hegen, wenn ein unglaublicher Orgasmus über mich hinwegrauschte.

Den Lederkragen mit zwei an Ketten hängenden Brustwarzenklemmen ließ ich zunächst links liegen, es kam mir zu seltsam vor, mich selbst zu züchtigen. Dazu brauchte man einfach einen Partner. Zumindest trainierte ich, wie ich die Teile anfassen sollte. Mit Wäscheklammern und Essstäbchen, wie manche Frauen scherzten, hatten die echt nichts zu tun.

Auch die Augenbinde beachtete ich nicht weiter, im Dunkeln würde ich mich mit meinem Spielzeug nur noch dämlicher anstellen.

Mutig packte ich meinen neu erworbenen Vibrator aus dem Karton - ohne Delfin und Glitzer natürlich. Das fand ich zu seltsam. Und die Varianten, die innerlich leuchteten oder sogar die Farbe wechselten, jagten mir ein klein wenig Panik ein.

Meiner war schlicht, schwarz und glänzend. Dafür mit so vielen erotischen Abstufungen, die komplette Packung war bedruckt. Von sanft bis zu einem Erdbeben eines Orgasmus.

Klang genau richtig für mich.

Schnell suchte ich meine Batterien und Akkus zusammen, doch egal, in welcher Kombination ich sie ins Fach schob, der blöde Vibrator sprang nicht an. Bei den letzten beiden zuckte er kurz, bevor er wieder wie tot auf meinem Sofatisch lag. Na toll, nichts los in der Hose.

„Kein Erdbeben heute Nacht", seufzte ich und stopfte die Akkus ins Ladegerät.

Ich überflog die Anleitung, das Übliche halt. Reinigen, bloß nicht in die Spülmaschine stecken, kann überhitzen, etc., etc. Schließlich blätterte ich das Büchlein durch, welches dicker war als die Anleitung für meinen Kühlschrank. Was war denn an der Anwendung so kompliziert? War doch eindeutig. Bis ich die Kapitel mit den Warnhinweisen entdeckte, wozu man den Vibrator nicht benutzen durfte. Nicht als Massagegerät geeignet. Nicht zum Befreien verstopfter Rohre verwenden. Auf keinen Fall weder im eingeschalteten noch ausgeschalteten Modus einem Haustier zum Apportieren geben.

Welcher Mensch kam auf so abstruse Ideen?

Als nächstes langte ich nach der Reitgerte. Als Mädchen hatte ich ein paar Reitstunden auf einem Ponyhof gehabt, aber keine Gerte gebraucht. Die Ponys hatten ihr Tempo nur angezogen, wenn am anderen Ende der Halle ein Eimer Karotten auf sie wartete.

Testweise fuhr ich mit den Fingern über das Material und wog das Gewicht auf meiner Hand. Leicht und elastisch.

„Du warst böse“, sagte ich in die Stille meiner Wohnung und schwang die Gerte.

„Ich werde dich jetzt bestrafen.“ Hoch und runter wedelte ich damit und fühlte mich fast wie Christian persönlich, der gleich seine Angebetete versohlte.

Ich holte aus und ließ die Reitgerte auf meinen nackten Oberschenkel knallen.

„Autsch!“ Scheiße, tat das weh! Vor Schreck glitt das Folterinstrument mir aus den Fingern und ich tastete den roten Fleck auf meiner Haut ab. Wenn ein Schlag mir halb die Tränen in die Augen trieb, was machte ich erst bei sechs Hieben?

Das war mir für die erste Stunde als Sklavin doch zu hart.

Zum Schluss blieben nur noch meine pinken Plüschhandschellen, dessen Anleitung ich lieber vor dem Rumspielen las. Der Stoff umschlang das Material, sodass die Ringe gleichzeitig fest und flauschig waren. Die Schlüssel legte ich gut sichtbar auf den Sofatisch, ehe ich meine Linke gefangen nahm. Ich stellte mir vor, wie mein Mr. Grey mich fesselte und mir die Hände über den Kopf hob, ehe er mich leidenschaftlich küsste. Oder mich an den Stangen meines Bettes ankettete, bevor er jede Stelle meines Körpers liebkoste und ich mich unter seinen Berührungen lustvoll wand.

„Ach verdammt!", stieß ich aus und riss mich aus meinem Tagtraum. Mein Polsterbett war für so ein Spielchen komplett ungeeignet. Wo also in dieser Wohnung hatte ich passende Stangen? Die Heizungsrohre vielleicht? Oder die Rohre, die im Bad vom Boden bis zur Decke reichten … dabei hätte mein Mr. Grey definitiv keinen Freiraum und Fesselspiele auf dem Klo stellte ich mir wenig erotisch vor.

Ein Klingeln an der Haustür holte mich zurück in die Gegenwart. Ich erwartete keine Pakete, daher hatte ich nicht vor, zur Tür zu gehen. Mal abgesehen davon, dass kein Paketbote um halb acht

Uhr abends noch austrug. Bestimmt war es nur irgendjemand, der Werbung verteilte oder so einen nervigen Abovertrag zwischen Tür und Angel abschließen wollte.

Dann klingelte es erneut.

Mann, der war hartnäckig. Zur Tür ging ich dennoch nicht. Einen kurzen Moment grübelte ich, ob ich in Lederkorsett und mit Handschellen öffnen sollte. Den Abkömmlingen der Zeugen Jehova würde ich den Schreck ihres Lebens verpassen. Die würden mich nicht mehr behelligen. So ein verruchtes Luder wie mich wollten die sicher nicht in ihrem Verein.

Trotzdem blieb ich auf dem Sofa sitzen und fuhr den Stoffbezug der Handschellen mit den Fingern nach. Faszinierend, dieses kleine Spielzeug. Leider fehlte mir noch der passende Partner, um alle Facetten zu erleben. Fesseln und Outfits sexy zu präsentieren, hatte ich schon mal gemeistert. Jetzt brauchte ich nur noch einen Meister.

Mit einem Lächeln trank ich einen Schluck Wein. Wer auch immer Einlass gefordert hatte, hatte bereits aufgegeben.

Da vibrierte auf einmal mein Telefon und auf dem Display erschien eine bekannte Nummer: Christoph aus dem Computerladen. Zu Beginn des Kurses hatten wir unsere Kontaktdaten ausgetauscht, falls ein Termin kurzfristig ausfallen musste.

Ich nahm ab, schließlich wollte er sich nur melden, wenn es wirklich wichtig war. Unser nächstes Treffen war erst morgen, ich freute mich darauf, meinen Blog weiter auszubauen.

„Hi, alles in Ordnung?"

„Äh, ja." Ich runzelte die Stirn. „Wieso rufst du an?"

„Bist du noch auf Arbeit?"

Warum fragte er das auf einmal? Er telefonierte sonst auch nie mit mir. „Wieso fragst du?"

„Ich sollte doch vorbeikommen?"

„Vorbeikommen?", hakte ich langsam nach, bis mir mein Fehler dämmerte.

„Jaaa", erklang Christophs geknickte Stimme. „Schon vergessen? Du hast mir gestern erzählst, dass dein PC nicht vernünftig arbeitet, deswegen sollte ich ..."

Ohne auf die weiteren Worte zu hören, sah ich an mir herunter. Das Lederkorsett würde ich nie und nimmer so schnell von mir herunterreißen können. Oh. Mein. Gott. Was sollte ich jetzt nur machen?

„Was ist nun? Machst du mir auf?"

„Ja", murmelte ich und fügte geistesgegenwärtig hinzu. „Der Fahrstuhl ist leider kaputt, also wenn du die Sachen nicht ..."

„Vierter Stock, nicht wahr?"

„Richtig." Bitte sag nein. Bitte sag nein. Ich schlich zum Fenster, das zur Straße rausging, und sah ihn tatsächlich vor meinem Mietshaus. Eine Kiste mit Hardware stand zu seinen Füßen, während er sich gegen einen 911er-Porsche lehnte. Der hatte vielleicht Nerven, sich auf Protzkarren fremder Leute zu setzen.

„Kein Problem. Bis gleich."

Kaum legte er auf, feuerte ich das Telefon aufs Sofa und raffte meine Sextoys zusammen. Ich stürzte ins Schlafzimmer, schmiss einfach alles aufs Bett und sprintete sogleich wieder zurück, um die achtlos zu Boden geworfene Vibratorenverpackung ebenfalls verschwinden zu lassen.

Wie schnell konnte ein Mann vier Stockwerke Treppen hochlaufen? Er war ein Computerfreak, bestimmt brauchte er fünf Minuten.

Es klingelte und ich öffnete unten die Haustür per Knopfdruck.

„Die Handschellen", sagte ich laut, wie um mich unter Kontrolle zu halten. Die Handschellen mussten ab. Sofort! Schnell, schnell, schnell!

Ich versuchte den Schlüssel zu fassen, doch passierte mir das Schlimmste, was in diesem Moment geschehen konnte: Der verdammte Schlüssel rutschte mir durch die Finger, fiel zu Boden, prallte wie ein Flummi am Parkett ab und verschwand unter dem Sofa.

Meine innere Sklavin fluchte und ich schrie frustriert auf.

Da klingelte es wieder.

„Das kann nicht wahr sein!"

Bestimmt hatte Christoph die Tür mit der Kiste auf den Armen nicht schnell genug aufbekommen.

Ich drückte erneut den Knopf, aber es klopfte nun gegen meine Wohnungstür. „Bin schon oben."

War er die Etagen hinaufgeflogen oder konnte er sich teleportieren? Mit diesen unsinnigen Gedanken verschwendete ich wertvolle Sekunden, dennoch hätte ich am liebsten vor Frust gezetert.

„Sekunde, kleinen Augenblick noch!", rief ich panisch und sprintete in einer puren Kurzschlussreaktion ins Bad. Ich riss meinen Bademantel samt Haken herunter, wickelte den Stoff so fest wie möglich und knotete den Gürtel doppelt.

Irgendwie stopfte ich die baumelnde Handschelle in den Ärmel, danach folgte der Sprint in den Hausflur.

Völlig außer Atem legte ich den Türriegel zurück und öffnete.

Christoph schenkte mir einen verwunderten Blick, als er mich so sah, schweißnass und keuchend. Lediglich mit einem kurzen Stück Seide bekleidet.

So konnte er nur auf dumme Gedanken kommen, mein Outfit schrie geradezu nach Sex.

„Hi", meinte er jedoch ruhig und hielt mir die Hand zum Gruß hin. Die Kiste mit Hardware wartete zu seinen Füßen, er schien die vier Etagen problemlos hochgejoggt zu sein.

Reflexartig griff ich nach seiner Hand, seine langen, warmen Finger umschlossen meine Haut und plötzlich jagte ein elektrisierendes Kribbeln durch meinen Körper.

Wie ein winzig kleiner Stromstoß, der all meine Nerven reizte und mir die Röte in die Wangen trieb. Verwirrt blinzelte ich ihn an, was war das auf einmal? Wieso reagierte ich auf Christoph? So etwas passierte im realen Leben eigentlich nie, sondern nur in Büchern.

Christoph lächelte verschmitzt und ich brauchte einen Moment, seine Hand loszulassen. Er sah schon gut aus, für einen netten Typen. Aber halt kein Mr. Grey-Potenzial. Andererseits suchte ich nach diesem Funken, der das Feuer der Leidenschaft entfachen würde. Zwischen Christoph und mir hatte es tatsächlich gefunkt!

„Darf ich nicht reinkommen?", fragte er arglos.

Wir standen weiterhin auf der Schwelle zu meiner Wohnung. Ich musste schnell etwas unternehmen und anschließend über diesen Funken nachdenken. Die Erinnerung ließ mich trotzdem lächeln. Lag das an seiner Anwesenheit?

Er deutete auf meinen Bademantel. „Hast du etwa Besuch?"

Ich folgte dem Fingerzeig und erbleichte. Die Verschnürung meiner Korsage lugte hervor.

„Nein." Sofort stopfte ich die Lederbänder wieder in den Bademantel.

Christoph schien davon nicht überzeugt. Mir entging nicht, wie sein Blick durch den Hausflur schweifte, der abgesehen von einer Garderobe von einem Schuhschrank dominiert wurde. Somit entdeckte er auch mein größtes Laster, denn immerhin bewahrte ich hier nur die Paare auf, die ich regelmäßig und passend zur Jahreszeit trug. Und der Schuhschrank nahm die komplette Wand ein.

Doch sein Blick huschte über den Boden, als suchte er etwas.

„Ich will dir jetzt nicht zu nahe treten, aber ..."

„Nein, ich habe keinen Besuch."

„Wirklich?"

„Das sind alles meine Schuhe", versicherte ich.

Das Grinsen kehrte zurück, anscheinend hatte er befürchtet in eine Sextoy-Verkaufsparty zu geraten, sodass eine wilde Horde hormongesteuerter Frauen im Wohnzimmer auf ihn wartete.

Vielleicht beruhigte ihn auch einfach die Tatsache, keine Männerschuhe vorzufinden.

In einer fließenden Bewegung hob Christoph die Kiste, startklar, um meinen PC umzurüsten. Meinen PC, der im Schlafzimmer stand. Direkt neben dem Bett, auf das ich wahllos die Sextoys geworfen hatte und es dort wie im Sadomaso-Freizeitpark aussah.

„Du kannst doch nicht reinkommen", stotterte ich.

Er runzelte die Stirn, während er die Kiste hielt, als wöge sie nichts. So stark hatte ich ihn mir nicht vorgestellt. Oder war die Hardware lediglich sperrig, dafür aber leicht?

„Tut mir leid, ich habe vollkommen vergessen, dass du heute Abend vorbeikommen wolltest", gestand ich. „Das ist gerade sehr unpassend." Damit ja kein weiteres Unglück geschah, stopfte ich die Hand mit der Handschelle tiefer in die Tasche meines Bademantels.

„Kann ich wenigstens die Kiste bei dir abstellen?“, bat er. „Wenn der Fahrstuhl nicht funktioniert, müsste ich sie ...“

„Ja, mach einfach“, meinte ich unwirsch.

Das ließ Christoph sich nicht zweimal sagen. Er platzierte die Kiste neben der Tür und ging rasch den Inhalt durch, bis er ein Etui mit Werkzeug in seine Jeanstasche steckte.

„Hübsch hast du es hier“, lobte er aus reiner Höflichkeit.

Ich schloss vorerst die Wohnungstür, ehe meine Nachbarn noch von Christophs Besuch Wind bekamen. Es passierte eher selten, dass ich einen Mann im Bademantel empfing. Dafür viel öfter, dass meine Nachbarn über die kleinste Neuigkeit tagelang tratschten.

„Sollen wir gleich einen neuen Termin ausmachen?“, fragte er mich, blieb jedoch am Boden hocken und sah demonstrativ von unten zu mir herauf. Er betrachtete ganz ausgiebig meine nackten Beine!

Und mir gefiel der Blick, den er mir schenkte.

Anscheinend steckte hinter der Frage nach einem Date weitaus mehr, als ich im ersten Moment gedacht hatte. Welcher Computertechniker machte schon abends Hausbesuche? Welcher Kursleiter checkte die Beine seiner Teilnehmerin ab?

Gleichzeitig besann ich mich meines Projekts: Ich wollte eine Mrs. Grey sein. Nicht die Freundin des netten Typens von nebenan. Wobei der Anblick, wie er da vor mir kniete, nicht zu verachten war. In seinem dunklen Wintermantel mit dem aufgestellten Kragen und dem vom Wind zerzausten Haar hatte Christoph plötzlich eine Ausstrahlung, die ich viel anziehender empfand.

Dennoch zeigte ich wieder zur Tür. „Du solltest jetzt besser gehen."

„Tanja", er unterdrückte gerade so ein Lachen, „wieso baumeln da Handschellen?"

„Was?"

Verdammt, ich hatte unbewusst die Linke benutzt! Christoph sollte den rosa Plüsch nie sehen. Nie! Der war nicht für ihn gedacht.

„Wieso hast du ...?" Seine Frage ging in einem herzhaften Lachen unter.

„Du hast so gar keine Ahnung!", schimpfte ich. „Raus!"

„Habe ich dich bei Fesselspielchen gestört?"

„Das ist nicht witzig."

„Doch." Tatsächlich wischte er sich eine Träne aus dem Augenwinkel.

„Du störst, okay? Ich hab noch zu tun."

„Ach, ist hier noch jemand anders gefesselt?", erwiderte er auf einmal ernst. Sein Lachen hatte sich schlagartig verflüchtig. „Habe ich dich unterbrochen?"

„Nein." Ich rollte mit den Augen. Als ob ich

dann die Tür geöffnet hätte. „Mir ist nur ein Missgeschick passiert.“

„Hast du etwa den Schlüssel verlegt? Dafür habe ich bestimmt nicht das passende Werkzeug dabei. Im Laden könnten wir sie aufschweißen.“

„Wir können gar nichts“, blaffte ich ihn erbost an. „Und du gehst.“

Christoph erhob sich, machte allerdings keine Anstalten, meinen kleinen Flur zu verlassen. Bis sich die Situation zu meinem Gunsten wendete.

„Wieso klebt da was in deiner Hand?“, fragte ich verblüfft.

Jetzt war er es, der seine Finger zur Faust ballte und diese in der Manteltasche versteckte. Viel zu auffällig.

„Was ist das?“, fragte ich weiter und machte einen Schritt auf ihn zu. Die Sache war ihm peinlich, das sah ich ihm an seinem hektischen Blick an.

Zeit zurückzuschlagen. Ich wollte nach dem Ding greifen, aber er hob die Hand über den Kopf, sodass ich mit meiner Zwergengröße keine Chance hatte. Dennoch ließ ich mich davon nicht abbringen. Stellte mich auf die Zehenspitzen und sprang sogar hoch, um seinen Ärmel zu erwischen. Er wich zurück, ich jagte ihm nach, einfach, weil ich ihn auch in eine unangenehme Situation bringen wollte.

Ich bekam das Teil zwischen die Finger, verlor jedoch beim entscheidenden Versuch den Halt und prallte gegen Christoph.

Bei diesem kindischen Spiel hatte ich ihn bis zur Haustür gedrängt. Nun lehnte ich gegen seinen Körper, während er seine freie Hand instinktiv auf meinen Rücken gelegt hatte, bevor ich stolperte. Diese Berührung beschwor eine herrlich angenehme Wärme, die ich mit aller Macht zu ignorieren versuchte.

Nur mein verräterischer Körper verlagerte sich leicht, um Christoph noch näher zu sein.

Schnell präsentierte ich meinen Triumph, um auf andere Gedanken zu kommen.

„Rück einfach mit der Wahrheit raus." Wieso klemmte er sich ein kleines rundes Objekt aus Plastik in die Handfläche?

„Ein Scherzartikel, ein Summer", gestand er widerwillig. „Du wolltest ja einen Funken."

Einen Moment lang war ich verwirrt, ob ich ihn für diese dumme Idee küssen oder schlagen sollte. Entschied mich allerdings fürs Schlagen. Lachend boxte ich ihn in die Seite.

„Das macht es nicht besser."

Er grinste dennoch. „War einen Versuch wert."

Ich maß ihn mit einem vorwurfsvollen Blick. „Das ändert nichts, das war nicht echt."

„Du bist doch diejenige", konterte er, „die sich in ein Schulmädchenkostüm schmeißt, um ihren Traummann zu finden."

„Das ist etwas anderes." Ich ließ das Argument nicht gelten.

Erneut glitt sein Blick über meinen Körper,

während seine Hand in meinem Rücken zärtlich über die Seide des Bademantels fuhr.

„Wobei das hier eine modische Verbesserung ist.“

„Was? Stehst du etwa auf ...“ Ich brach mitten im Satz ab, da die Gürtelenden an meinen Knien baumelten. Der Knoten hatte sich gelöst und Christoph konnte sich an der Lederkorsage sattsehen.

Sofort löste ich mich aus seiner Umarmung und raffte den Stoff zusammen. Ein wahrer Pannentag lag hinter mir, so langsam konnte das mal aufhören.

„Das brauchst du nicht zu verstecken“, scherzte er und ich spürte, wie mir die Hitze in die Wangen stieg. „Hast du deine Meinung geändert?“

„Bezüglich wozu?“, meinte ich schnippisch.

Ganz der nette Kerl ging Christoph nun ebenfalls auf Abstand und gewährte mir den Platz, den ich anscheinend brauchte. „Ob du mit mir auf ein Date gehen möchtest?“

„Nein.“ Ich öffnete demonstrativ die Haustür. „Du fällst nicht in mein Beuteschema.“ Ehe er etwas erwiderte, schob ich Christoph aus meiner Wohnung. Mit mehr Wucht als nötig pfefferte ich hinter ihm die Tür zu.

Ich wollte gerade einen Moment in Selbstmitleid versinken, da vibrierte mein Handy. Eine Nachricht von Christoph: *Versuch es doch erstmal online, bevor du dir irgendeinen Fremden ins Haus holst, der dir den Hintern versohlt.*

Mit einem lauten Aufschrei boxte ich in die Kissen und warf eines sogar quer durch den Raum.

Kurz darauf vibrierte es erneut: *Und wir brauchen einen neuen Termin für die Aufrüstung.*

Toll, wie Dr. Jeckyll und Mr. Hyde. Der eine mochte es, mich zu piesacken, der andere konzentrierte sich ausschließlich auf die Arbeit.

Mit einem Seufzen huschte ich zum Fenster und warf einen Blick nach unten.

Christoph schloss den 911er, gegen den er gelehnt hatte, auf, und fädelte sich gekonnt in den Straßenverkehr ein. Verdammt, er legte mich nicht nur mit einem Scherzartikel rein, sondern jetzt fuhr er auch noch eine Angeberkarre? Wie konnte er sich einen Porsche leisten?

Frustriert warf ich mich nun tatsächlich aufs Sofa. Wie sollte ich nur aus Christoph schlau werden? Nur mit einer sexy Lederkorsage bekleidet, war er mir näher gekommen, dennoch ließ er sich ohne große Gegenwehr aus meiner Wohnung schmeißen.

Wäre nicht jeder andere Mann, der ein Interesse an mir hegte, über mich hergefallen? Hätte sich einfach genommen, was er wollte?

Oder las ich letzten Endes doch zu viele Liebesromane?

Tag 31

Abgesehen von dem einen oder anderen schiefen Grinsen verlief mein nächster Computerkurs fast normal. Bis auf den entscheidenden Unterschied, dass wir eine Gasthörerin hatten. Eine ältere Dame, die sich mit ihrem Blog genauso abmühte und noch einen Auffrischungskurs in SEO nehmen wollte.

So musste ich mir zumindest keine dummen Sprüche anhören, obwohl eine Sache beim Alten blieb: Kaum war die Dame gegangen, fragte Christoph mich erneut: „Warum gehst du nicht einmal mit mir aus?"

Diese Hartnäckigkeit musste ich ihm hoch anrechnen, doch war ich nicht so leicht zu haben. Meine Neugier weckte er trotzdem. Warum hatte er sich gerade mich ausgesucht? Es gab auch viele andere Frauen, die den Laden als Kunden besuchten oder ins Internetcafé kamen. Diese würdigte er keines zweiten Blicks.

Und strahlte sie schon gar nicht so an wie mich.

„Warum fährst du einen 911er-Porsche?", feuerte ich zurück, da dieses Auto einfach nicht in mein Bild von ihm passte.

„Beeinflusst das deine Antwort?"

Ich verschränkte die Arme und legte den Kopf schräg. „Nein, ich kann mir nur nicht vorstellen, dass du dir so ein Auto leisten kannst."

„Charmant", erwiderte Christoph und fuhr neben mir die PCs herunter. Heute würden wir wohl keine Überstunden einlegen, dachte ich traurig. Irgendwie hatte ich mich daran gewöhnt.

„Den hast du dir bestimmt gebraucht gekauft, oder?", fragte ich. „Wie viel kostet so einer?"

„Ach, willst du auch einen?", spottete Christoph, während ich in meinen Mantel schlüpfte.

„Was dagegen? Ich mag schnelle Autos, kann sie nur nicht bezahlen." Zumindest nicht, wenn ich weiterhin plante, mein Erspartes für ein Spielzimmer zu verprassen. Andreaskreuze und Streckbänke waren verflucht teuer, selbst im Internet. BDSM zog wirklich nur erlesene, reiche Mitglieder an.

Christoph zuckte mit den Schultern. „Wenn du beim Preis eines Gebrauchten sparst, steckst du mehr in die Reparaturen, die im Anschluss anfallen. So ein Auto will gepflegt werden."

„Also hast du ihn gebraucht gekauft."

„Das habe ich nicht gesagt."

„Du musst dich deswegen doch nicht schämen", versuchte ich es weiter. „Mir ist schon klar, dass du nicht so viel verdienst, wenn du deinen Vater im Laden unterstützt."

„Ach, so schaut es für dich aus?", fragte er unvermittelt.

Ich verstand nicht, woher der plötzliche eisige Ton in seiner Stimme kam. Jedenfalls war seine Art, ständig mit mir zu scherzen, einfach verschwunden. Sicherlich hatte ich seinen Stolz gekränkt.

Da ich keine Antwort mehr erwartete, machte ich mich auf den Weg. Ich legte mir meine Tasche um und nestelte meinen Lieblingsseidenschal hervor. Sobald die Sonne hinter dem Horizont verschwand, wurden die Abende wirklich frisch.

„Mein Vater ist bei mir angestellt", stellte Christoph fest, bevor ich den Kursraum verlassen konnte. „Seine frühere Firma hat ihn entlassen und aufgrund seines Alters fand er keine neue Stelle. Da er vor Langeweile immer seine Zeit an den PCs vertrödelte, habe ich ihm angeboten, die Buchhaltung zu machen und sich um die Kunden zu kümmern."

„Dass es nicht Haralds Laden ist, wäre mir gar nicht in den Sinn gekommen", zweifelte ich. Harald begrüßte die Kunden, machte Telefondienst, nahm Aufträge an und sorgte für das leibliche Wohl der Leute im Café oder bei den Kursen. Harald wuselte von einer Ecke zur nächsten, damit wir alle eine schöne Zeit hatten. Ein bisschen wie ein Herbergsvater.

Christoph hingegen schaute nur zwischendurch vorbei, bisher hatte ich stets vermutet, dass er in einem weiteren Raum die eingereichten PCs und Laptops reparierte.

Er seufzte bei meinen Worten. „Meinem Vater hat die Arbeit Spaß gemacht, aus einer kleinen Beschäftigung ist eine Mischung aus Sekretär und Barista entstanden.“

„Das ist kein Scherz?“, fragte ich zur Sicherheit.

„Sehe ich aus, als würde ich scherzen?“

Er lächelte gequält und löschte das Licht, als ich hinaus auf den schmalen Verbindungskorridor trat.

Für einen winzigen Moment kamen wir uns wieder so nah wie in meinem Hausflur. Auch ohne diese verrückte Situation, ohne Handschellen und Summer, fühlte ich mich zu ihm hingezogen. Plötzlich wallte in mir der Wunsch auf, dass Christoph mich halten sollte. So wie ein paar Stunden zuvor.

Nein, nein, nein!

Ich eilte nach vorne, so schnell es nur ging. „Nein, du bist nicht mein Mr. Grey“, murmelte ich, damit ich mich zusammenriss.

Christoph war einige Meter hinter mir, trotzdem ahnte ich, dass er den Kopf schüttelte.

„Was findet ihr Frauen nur an diesem Arschloch?“

„Lies die Bücher. Danach wirst du es verstehen.“

„Ich überlege ernsthaft, mich durch die Teile zu quälen.“ Ich rümpfte die Nase, er wusste ja nicht, was ihm da entging. Aber Männer und lesen? Klar doch. Ich machte mir da keine großen Hoffnungen.

„Hör zu, es tut mir leid wegen gestern Abend“, gestand ich. „Bei mir herrschte totales Chaos und ich …“

„Du wolltest keine Zuschauer beim Erlernen neuer Sexpraktiken.“

„Das klingt so langweilig, wenn du das sagst.“ Ich schnaubte, ohne zuzugeben, dass mein Theorieunterricht wirklich trocken verlaufen war. Bis auf den Zusammenstoß mit Christoph. „Dennoch brauchen wir einen Termin. Dein Zeug steht noch bei mir und mein PC ist so langsam, ich kann gar nicht richtig daran arbeiten.“

Mit Absicht sagte ich nicht, dass ich nicht richtig bloggen konnte, um meinen Mr. Grey schneller zu finden.

„Ich könnte am Sonntag …“

„Nein“, unterbrach ich ihn. „Ich will dir nicht dein Wochenende rauben, wenn du meinetwegen schon Überstunden hier im Laden machst.“

Lässig wanderte Christoph zum Tresen und überflog das Auftragsbuch. „Wenn wir den Kurs ausfallen lassen, hätte ich am Dienstag Zeit. Oder wir halten die Stunde bei dir zuhause ab“, schlug er vor.

„Das klingt gut“, freute ich mich. „Und als Entschuldigung für mein furchtbares Verhalten koche ich uns was? Ich sehe vielleicht nicht so aus, doch ich kann wirklich gut kochen.“

Zwar brauchte ich Heels, um meine Zwergengröße zu verdecken, aber dafür besaß ich eine schmale Figur. Und das, obwohl ich einen Appetit für zwei Frauen vorwies, was meine Freundin Maren stets vor Neid platzen ließ. Auch mein Mr. Grey würde bei mir nie beanstanden, dass mein Teller nicht leer geputzt war. Vermutlich würde ich mich sogar an seiner Portion vergreifen, falls ich noch Hunger hatte.

Wodurch mein Körper die ganze Energie verbrannte, konnte ich mir nicht erklären - er machte es einfach, zum Glück.

Ich ließ meinen Blick über Christoph schweifen. Er wäre auch ein Nachtisch, zu dem ich nicht nein sagen würde.

Nein, ich sollte mein Kopfkino besser im Zaum halten. Dachte ich gerade darüber nach, Christoph zu vernaschen?

„Also doch eine Verab…"

„Ah, sag es nicht", unterbrach ich ihn erneut. „Sieh es als Dankeschön für deine Hilfe an und dass du noch nach Feierabend bei mir aufschlägst, um mir zu helfen. Mehr nicht!"

„Du bist wirklich eine Herausforderung", meinte Christoph, was zumindest mich schmunzeln ließ.

„Super Mario musste sich auch durch tausend Level kämpfen, bevor er die Prinzessin retten durfte", konterte ich.

Das quittierte er mit einem herzhaften Lachen, während er nach seiner Jacke griff.

Furchtbar nett, wie er war, brachte Christoph mich zu meinem Auto und wartete, bis ich losgefahren war. Mein Blick fiel wieder auf den Porsche, der am Straßenrand parkte.

Geld war nicht der entscheidende Punkt bei einem Mann. Gewiss gab es wichtigere Qualitäten. Ehrlichkeit, Treue, … aber Männer, die so aussahen wie Christian Grey, attraktiv, gut gekleidet und athletisch brauchten halt einen Haufen Geld, um ihren Lebensstil zu finanzieren.

Ich stand zwar auf meinen eigenen Füßen, doch welche Frau würde bei einem Mann, der einen nach Strich und Faden verwöhnte, schon Nein sagen? Oder kam es letzten Endes einzig und allein auf den körperlichen Teil der Beziehung an? Was kümmerte mich seine Kleidung, wenn ich ihm diese nur vom Leib reißen wollte?

Wollte ich Christoph etwa die Kleidung vom Leib reißen? Die Vorstellung ließ mich jedenfalls grinsen.

Ich empfand mich nicht als oberflächlich, vor ein paar Jahren hätte ich mich bedenkenlos von Christoph einladen lassen. Dennoch hatten Beziehungen mit solchen Typen bei mir nie ein gutes Ende gefunden. Meine Partner hatten nie um mich gekämpft, hatten mich nie zu schätzen gewusst oder sogar vorgeworfen, dass sie gar nicht wussten, was sie an mir mochten.

Davon brauchte ich keine Wiederholung, ich wünschte mir etwas Dauerhaftes, etwas, das nicht nach ein paar Wochen einschlief und sich zum Alltag entwickelte.

Und wenn BDSM in eine Beziehung nicht regelmäßig frischen Wind brachte, dann wusste ich auch nicht mehr weiter.

Tag 33

Obwohl ich es seltsam fand, dass Christoph mir Ratschläge bei meiner Suche nach Mr. Grey gab, so wollte ich es wenigstens versuchen. Schließlich meinte er es nur gut. Wie sollte ich auch auf die Schnelle einen Fremden aufstöbern, den ich in mein Spielzimmer lockte? Bei Ana und Christian hatte dies vielleicht geklappt, doch so naiv war ich nun auch wieder nicht. Dafür gab es viel zu viele Perverse, Idioten und Stalker auf der Welt. Es war schon schwer genug, sein Gegenstück zu finden. In einem kleinen Kreis der BDSM-Angehörigen hatte ich mir mein Vorhaben eigentlich leichter vorgestellt.

Außerdem bot das Internet den Vorteil, dass ich immer noch die Kontrolle besaß. Ich konnte den Stecker ziehen. Während ein Mann in meiner Wohnung, in meinem Bett so eine Ausschaltfunktion gewiss nicht vorwies. Außer ich knallte ihm etwas Schweres gegen die Schläfen.

Wie ich das Thema drehte und wendete, einen Fremden in die eigene Wohnung einzuladen, war leichtsinnig. Dadurch würde ich mich ihm vollständig ausliefern. Falls Maren Recht hatte und der Mann mich einfach an die Heizung fesselte, könnte er mich ausrauben oder sonst was mit mir anstellen, ohne dass ich eine Chance hatte, mich zu wehren.

Als erotisches Spiel sicherlich lustvoll, doch dazu gehörte auch Vertrauen. Dieses konnte ich schlecht von einem Fremden erwarten.

Ein virtueller Liebhaber schien nur Vorteile zu haben.

Im Internet findet man alles und jeden – das war der Leitspruch meiner besten Freundin. Also setzte ich mich an meinen Schreibtisch und wartete, bis mein Rechner hochfuhr. Auch bei einem weiteren Punkt hatte Christoph recht: Ich brauchte neue Hardware. Verglichen mit den Computern bei ihm im Laden kroch meiner so langsam wie eine Schnecke. Ich konnte mir noch eine Teekanne aufsetzen, bevor mein Desktop überhaupt auftauchte.

Als der Browser endlich geöffnet war, startete ich die erste Suche: Erziehung und Meister. Alles Mögliche zu Erziehungsmethoden für Kinder, Familienplanung und Hundeerziehung erschien. Nichts, was ich im Moment interessant fand. Abgesehen davon, dass ich für Kinder zunächst einen Partner benötigte.

Die Lebensgeschichte des Pädagogen Richard Meister half mir ebenso wenig weiter.

Als Nächstes tippte ich Meister ein. Google spuckte als Suchvorschläge, Meisterstück, meister bafög und Meistersingerhalle Nürnberg aus. Nicht ganz. Dennoch musste ich dabei schmunzeln. Vermutlich war mein Suchbegriff nicht präzise genug. Mit den Schlagwörtern ‚Online Erziehung‘ näherte ich mich dem Thema schon eher an. Mehrere Angebote von Seiten, die zwielichtig wirkten, bis mich ein Internetauftritt vom Design her ansprach. Dazu klang der Kurztext vielversprechend: Sei gehorsam und diene deinem Meister.

Ich folgte dem Link und ein äußerst heißer Mann, von der Hüfte aufwärts und nur mit einer Krawatte bekleidet, sah mir entgegen. Lächelte nicht, sondern blickte mir streng in die Augen, als müsste er mich gleich schelten. Mein Puls schoss in die Höhe und ich konnte mich kaum losreißen. So sollte ein Meister sein, solange ich seinen nackten Körper bewundern konnte, würde ich immer brav und gehorsam sein.

Kichernd über meine Dummheit, mir nicht gleich einen Online-Meister gesucht zu haben, las ich ein paar Texte durch, die die Funktionen der Seite erklärten. Die Enttäuschung kehrte schnell zurück. Hier würde ich keinen echten Partner finden, lediglich an einem Programm teilnehmen. So wie ich es von Fitnessseiten bereits kannte, sollten nach und nach Videos freigeschaltet werden, um mich zur Untergebenen zu trainieren. Dafür würde ich die Monatsgebühr im Voraus bezahlen. Ein Abo, raunte meine Vernunft, aber der Mann auf der Hauptseite sah mich so intensiv an, das Training würde bestimmt Spaß machen. Außerdem brauchte ich schnellstens mehr Übung.

Als Mitglied würde ich individuelle Aufgaben erhalten und ich stellte mir vor, wie der heiße Typ über Skype Befehle erteilte. Meine bisherigen Cybersex-Erfahrungen hatte ich weitestgehend verdrängt. Krisselige Webcam-Aufnahmen, stockende Internetverbindungen und die Tatsache, dass der Kerl auf der anderen Seite sich schamlos einen runterholte, während ich überhaupt nicht wusste, was ich machen sollte, waren mir eine bittere Lehre gewesen.

„Was soll's", sagte ich mir. Die 29 Euro im Monat konnte ich irgendwo anders einsparen. Wenn ich so an die Summe dachte, die ich im Sexshop gelassen hatte, würden die paar Euros keinen großen Unterschied mehr machen. Bis zu meinem eigenen Porsche würde es noch ein bisschen dauern.

Daher meldete ich mich an, gab meinen Nutzernamen Mrs.Grey.28 an (tatsächlich noch frei!) und wartete auf meine Bestätigungsmail.

Da es bei Netzwerken immer ein paar Minuten dauerte, bis ich loslegen durfte, stand ich vom Computer auf und widmete mich letzten Vorbereitungen. Abgesehen von der Lederkorsage hatte ich noch ein weiteres Mitbringsel im Sexshop erstanden. Wenn ich gleich das erste Mal von einem Meister erzogen werden sollte, dann nur in meinem Kostüm.

Die Tüte hatte ich in den Schrank verbannt,

nun schüttete ich deren Inhalt über meinem Bett aus und betrachtete das eingeschweißte Kleidchen. Der Verkäufer hatte mich beim Stöbern so seltsam gemustert, deswegen hatte ich schnell nach diesem Dienstmädchen-Outfit gegriffen. Ich wollte keinen weiteren Spruch ertragen, weil ich mich nicht zwischen Superheldin und Krankenschwester entscheiden konnte.

Ich schlüpfte aus Jogginghose und T-Shirt, so wollte ich meinem Meister nicht gegenübertreten. Sonst würde er sich umdrehen und nie wieder eine Videounterhaltung mit mir führen. Nein, vernünftige Kleidung musste sein. Und welche Rolle war unterwürfiger als die einer Dienstmagd?

Der Minirock wirkte auf dem Produktbild deutlich länger. Da ich ihn allerdings nur für meinen Meister tragen würde, ignorierte ich die fehlenden Zentimeter. Mein Meister durfte durchaus meine Dessous sehen, die bei jeder Bewegung hervorblitzten.

Das spitzenbesetzte Oberteil bereitete mir größere Probleme. Der Stoff kratzte unangenehm und der Schnitt quetschte meine Brüste nach oben. Viele Frauen haben an ihren Kurven etwas auszusetzen, ich hingegen mochte meine. Mochte, wie meine Brüste Kleider betonten oder mit dem richtigen Ausschnitt fantastisch aussahen.

Das Dienstmädchen-Outfit schnürte mir lediglich die Luft ab und ich fürchtete, dass mein Vorbau gleich herausquoll. Vor dem Spiegel zweifelte ich zuerst einen Moment lang, ob das auch wirklich meine Brüste waren.

Dennoch fühlte ich mich eher wie in ein schlechtes Karnevalskostüm gezwängt, als in eine sexy Sklavin verwandelt. Vergeblich strich ich den Stoff glatt und versuchte den Gedanken an den Preis zu verscheuchen. Bei der hohen Hausnummer hatte ich mir etwas Besseres erhofft. Doch es klebte nur zerknittert und billig an mir.

Mein PC gab einen Piepton von sich, das Signal für eine neue E-Mail. Ich schwang mich in den Stuhl und jubelte bei der Nachricht über meine Freischaltung für die Online-Erziehung.

Jetzt würde ich also meine erste Stunde mit meinem Meister erleben. Schnell kontrollierte ich den Platz meiner Webcam und loggte mich auf der Seite ein.

Die Spannung stieg. Mir kribbelte es schon überall und vor Nervosität knabberte ich an meiner Unterlippe. Was wohl mein Meister von mir verlangen würde?

Ich hatte mich für die Anfänger-Session entschieden, anscheinend gab es auch bei der Online-Erziehung mehrere Stufen. Anhand des zu Beginn ausgefüllten Fragebogens hatte mich die Seite auf dieses Level eingestuft. Mir sollte es recht sein.

„Willkommen Sklavin", begrüßte mich mein Meister und ich prustete vor Schreck los. Speichel landete auf meinem Bildschirm, besprenkelte einen älteren Mann mit Glatze.

Was macht der in meinem Video?, rätselte ich, bis es mir dämmerte. Ich war auf ein Lockangebot hereingefallen! Statt ein paar heiße Stunden mit dem scharfen Krawattenträger zu verbringen, erhielt ich nun den hier.

Fast hätte ich an dieser Stelle abgebrochen, doch wollte ich es wenigstens versuchen. Jede Minute würde meine Erziehung schon weiterbringen. Das würde eben eine Übung in Geduld und Ausdauer werden.

Ich zwang mich, meinem Meister in die Augen zu sehen. Die Glatze konnte ich ausblenden, nur bei der behaarten Männerbrust fiel der Kampf schwer. Mein Meister war ein Bär von einem Mann, ein alter, leicht grimmig wirkender Bär.

Aus Reflex schrumpfte ich auf meinem Stuhl zusammen, ich wollte nicht mehr, dass er mein aufreizendes Kostüm sah. Immerhin hatte ich das nicht für ihn angezogen, ausschließlich für den heißen Kerl auf der Hauptseite. So schnell konnte man sich irren.

„Hiermit begrüße ich dich zu deiner ersten Stunde“, begann er in einem energischen Tonfall und fesselte mich mit jeder Silbe. Bei meiner anfänglichen Abneigung erstaunte mich das umso mehr. „Am Ende dieses Anfängerkurses wirst du gelernt haben, deinem Meister zu gehorchen. Ganz gleich, wie lange dies dauern wird.“

Aufgrund seines Aussehens hätte ich den Mann nie beachtet, trotzdem strahlte er eine gebieterische Aura aus, der ich mich nicht entziehen konnte. Dabei war er nicht einmal im gleichen Raum wie ich, sondern sprach zu mir übers Internet.

Christophs Rat, es zunächst online auszuprobieren, erwies sich als goldrichtig. So konnte ich üben, wie es sich anfühlte, beherrscht zu werden und blieb doch auf der sicheren Seite.

„Dieses Video ist interaktiv“, fuhr mein Meister fort. „Du wirst hin und wieder Fragen beantworten. Diese werden wahrheitsgemäß beantwortet, sonst erhältst du keine neue Aufgabe. Du hast stets mit ‚Ja, Meister‘ zu bestätigen.“

„Ja“, kicherte ich.

„Wie heißt das?!“, donnerte die Stimme des Mannes und erschreckte mich.

„Ja, Meister“, erwiderte ich zögerlich.

Einen Moment breitete sich Stille aus, bis der Mann mich wieder streng ansah. „Genau. Du wirst mich Meister nennen. Ich bin dein Meister und du hast mir zu gehorchen.“

„Ja, Meister“, kam es mir sofort über die Lippen. Ich lernte anscheinend schnell und musste dennoch ein Kichern unterdrücken.

Trotzdem beugte ich mich nach vorne und kontrollierte meine Webcam, die, soweit ich wusste, gar kein Mikrofon besaß. War das etwa keine richtige Unterhaltung, sondern nur ein Video?

Mein neuer Meister schaute weiterhin streng, reagierte allerdings nicht darauf, dass ich mich bewegte. Zum Test streckte ich ihm die Zunge heraus, aber er starrte immer noch unablässig in den Raum.

Das entwickelte sich mehr und mehr zu einem Lehrgang, als einer sinnlichen Erfahrung. Nun gut, ich würde eine begierige Schülerin sein und den Stoff aufsaugen, damit ich meinem Mr. Grey mit meinem BDSM-Können beeindruckte.

Mein Meister rief mich zur Konzentration und schon ging das Video weiter. Es war wirklich gut programmiert. Gerade als die Pause lange genug war, um gedanklich abzuschweifen, erhob mein Meister die Stimme.

Ich wollte die Lautstärke verringern, doch sofort wurde ich zurechtgewiesen: „Ich habe dir nicht erlaubt, dies zu tun."

Wer auch immer dahinter steckte, kannte sich mit der weiblichen Psyche aus. Sie schienen genau zu wissen, dass mich die Tonlage nervte.

„Jetzt wirst du deine erste Lektion erhalten", donnerte die Stimme und Aufregung ergriff Besitz von mir. Was würden wir zuerst machen? „Dein Meister befiehlt dir, vor mir niederzuknien."

„Ja, Meister", murmelte ich. Das hatte ich jedenfalls schon drauf. Obwohl es seltsam war, mit meinem Computer zu sprechen. Immerhin konnte ich auf meiner Seite der Leitung tun und lassen, was ich wollte. Und niemand würde das erfahren.

Nein, dachte ich schnell, ich will ein gehorsames Mädchen sein, und grinste allerdings schelmisch. Die Verlockung, sich zu widersetzen, einfach weil ich es konnte, war groß. Andererseits würde es keinen Sinn machen, wenn ich mich nicht völlig auf BDSM einließ. Ich hatte für diesen Kurs bezahlt, also sollte ich mich an die Regeln halten.

Dennoch zweifelte ich langsam, ob das Geld sinnvoll angelegt war. Bei Christophs Computerkurs nahm ich ja wenigstens handfestes Wissen mit.

„Ich habe dir eine Aufgabe erteilt!“, brüllte es aus den Lautsprechern. „Du wirst deinen Hintern erheben und vor dem PC auf die Knie gehen. Worauf wartest du noch?“

Jetzt drehte ich die Lautstärke doch etwas herunter, meinen Onlinemeister störte dies nicht im Geringsten. Bei einem echten Mann wäre das deutlich komplizierter gewesen. „Schrei nicht so, mein Meister, ich mach ja schon“ würde bestimmt nicht gut ankommen.

Wie befohlen schob ich den Stuhl beiseite, damit ich ihn noch sehen konnte, und kniete mich auf das Parkett. Saß brav mit dem Po auf meinen Füßen und wartete.

„Du rührst dich nicht von der Stelle.“

„Ja, Meister“, antwortete ich pflichtbewusst. Auf lange Sicht würde das ziemlich nerven. Durfte ich mich denn gar nicht mitteilen?

Wirklich aufregend war diese Lektion nicht. Mein Rock rutschte dabei komplett hoch, während ich mit nackten Knien auf dem kalten und harten

Boden die Minuten zählte. Absolute Stille in meinem Schlafzimmer, statt einer knisternden Atmosphäre. Kein Stöhnen, kein Seufzen, keine prickelnde Leidenschaft, die stärkste meiner Empfindungen war der bohrende Schmerz in meinen Knien.

Auch der Bildschirm war wie eingefroren und ich rätselte, ob dies ein Standbild war oder mein PC sich aufgehängt hatte. Ohne Christophs Grunderneuerung der Hardware besaß ich leider zu wenig Leistung.

Doch dann bewegten sich erneut die Lippen meines Meisters, während er immer noch eisern in die Leere starrte. „Du wirst dir kein Kissen für die Knie und sonst etwas holen, das deine Position angenehmer macht. Denn du sollst Demut lernen."

In Ordnung.

Trotzdem schmerzten meine Beine enorm und ich rutschte auf der Stelle.

„Hör auf, dich zu bewegen!", gellte es sogleich. „Sitze still und demütig."

Der Hersteller des Videos ahnte wirklich genau, in welche Verhaltensmuster Menschen verfielen. Aber nun wollte ich erst recht ein Kissen. Sehnsüchtig blickte ich zu meinem Bett. Ob ich mir eins ganz schnell schnappen sollte?

Was dachte ich da?

„Nein", antwortete ich laut. „Reiß dich zusammen." Ich würde das irgendwie durchstehen und die Demut meistern. Das machte sich bestimmt gut im Lebenslauf. Besondere Qualitäten: Durchhaltevermögen und Demut.

Die nächsten Minuten verbrachte ich kichernd und schmunzelnd. Und mit einem Kissen. Ich triumphierte über meinen Ungehorsam und überlegte die nächsten Beiträge für meinen Blog.

„Gut gemacht", lobte mich mein Meister auf einmal. Seine Stimme klang nun deutlich sanfter, fast zärtlich. Ich hatte sie zuerst nicht wahrgenommen, immerhin wurde ich bisher nur angebrüllt.

„Nun zur zweiten Lektion." Er wartete und hob auffordernd eine Augenbraue.

Ich wartete ebenfalls.

„Wie heißt es?"

„Ja, Meister", nuschelte ich.

„Nun wirst du lernen, zu kriechen", fuhr er fort, als hätte er mich tatsächlich gehört. „Auf allen Vieren wie ein Hund. Denn der Meister ist derjenige, der über dich herrscht. Du bist mein Spielzeug und mein Haustier. Nur, wer brav zu seinem Meister ist, wird eine Belohnung erhalten."

Und ich tat wie mir geheißen. Krabbelte wie ein Kleinkind übers Parkett.

Dass ich mich dabei total dämlich fühlte, muss ich wohl nicht weiter ausführen. Doch die Dominanz in seiner Stimme ließ mich gehorchen. Außerdem war ich auf die Belohnung neugierig, selbst wenn es total kindisch war, auf allen Vieren in einem offenherzigen Dienstmädchenkleid durchs

Zimmer zu kriechen.

„Fehlt nur noch, dass ich bellen soll“, spottete ich. Sollte ich mich nicht erregt fühlen?

Kurz blickte ich Richtung meines Monitors, entdeckte jedoch keine Schaltfläche zum Vorspulen oder Überspringen der Videosequenz. Die Programmierer der Plattform hatten dies vorsorglich ausgelassen. Die Versuchung, diese hundsmäßige Aufgabe hinter mir zu lassen, war enorm.

Leider gab es keine Zeitanzeige oder einen Regler, der den Verlauf des Videos anzeigte. Das Spielchen könnte in fünf Minuten vorbei sein oder sich noch drei Stunden ziehen. Ich wusste nicht, ob ich mich darüber ärgern und demütig freuen sollte.

Bei meiner dritten Runde durchs Schlafzimmer meldete sich erneut mein Meister. „Benehme dich wie ein Hund. Belle!“

Ich hielt in der Bewegung inne. „Nicht dein Ernst.“

„Keine Widerrede“, donnerte es ein paar Sekunden später und ich zuckte zusammen. So merkwürdig die Situation auch war, ich gehorchte.

„Ich höre nichts!“, forderte die Stimme. „Na los!“

Ich zögerte. Aber wer sollte schon mitbekommen, was ich hier machte? Ich würde dieses Geheimnis für immer verschweigen.

„Wuff“, gab ich zum Besten und fühlte mich lächerlich. „Wuff.“

Stille.

Mit glühenden Wangen starrte ich auf mein Parkett und dieses Video gab sich nicht mal Mühe. „Ich kann nichts hören!“, brüllte es wieder.

Woher wussten die Programmierer nur, dass ich nicht folgte?

„Muss ich dich bestrafen?“

„Nein, Meister.“

„Dann bell!“

Ich fing an zu bellen.

„Lauter!“, forderte mein Meister eindringlich.

Tatsächlich wurde ich lauter, fühlte mich dennoch wie bei einer bescheuerten Aufgabe von ‚Wahrheit oder Pflicht‘, anstatt innerhalb eines erotischen Spiels mit meinem Meister. Mein Bellen verklang, stattdessen verfiel ich in ein herzhaftes Lachen. Wie gut, dass ich allein war und mein Online-Meister nur ein Programm, ansonsten würde er mich für verrückt halten.

Mit einem Piepton erschien ein Pop-up-Fenster auf meinem Monitor, die erste Frage, die zu beantworten galt: Hast du wirklich gebellt?

Ich drückte auf die Schaltfläche mit ‚Ja‘.

Prompt tauchte die nächste Frage auf: War es wirklich laut?

„Das ist also interaktiv“, seufzte ich.

Dieses Mal drückte ich auf ‚Nein‘, obwohl ich mir ‚Ich musste leider laut lachen‘ als Antwort gewünscht hätte.

Auch wenn der Kurs ins Lächerliche ausartete, wollte ich wenigstens ehrlich sein.

Das Pop-up-Fenster verschwand und mein Meister erschien. Seine Augen blitzten zornig und er runzelte die Stirn. „Du nimmst dieses Training hier nicht ernst“, tadelte er mich. „Du nimmst deinen Meister nicht ernst.“

„Nö“, rutschte es mir über die Lippen. Das konnte ich nicht. Der Kurs war ja ganz nett programmiert, aber hatte nichts mit der Realität zu tun. Mehr denn je wünschte ich mir einen Mr. Grey, der mir wirkliche Aufgaben gab. Irgendwie bereitete es mir Spaß zu gehorchen, das löste einen gewissen Kick in mir aus, welcher sogleich von diesem Programm zerstört wurde. Ich wollte nicht auf meinen Computer hören, wenn es darum ging, Lust zu empfinden.

Ich wollte einen Mann. Zum Anfassen.

„Du wirst jetzt einen Kamm holen“, donnerte mein Online-Meister laut und hielt ein einfaches schwarzes Modell hoch.

Mittlerweile fühlte ich mich nur angeschrien. Keine Spur Neugier oder Aufregung war mehr vorhanden, ich hatte kaum noch Lust auf dieses einseitige Training, von dem meine Ohren nur klingeln würden.

Dazu war das ein wenig problematisch, denn ich besaß keinen simplen Kamm. Einen Toupierkamm, einen Anti-Statik-Kamm, mehrere Rundbürsten und sonstigen Kram zum Stylen, doch keinen stinknormalen Kamm. Typisch Mann! Für eine Frau gab es nicht einfach nur einen Kamm, das Thema stellte sich viel komplexer dar.

Ich sträubte mich innerlich bereits gegen den Kurs, holte dennoch meine Bürste mit Echthaarborsten. Leicht angefressen zeigte ich auf den Bildschirm und wartete, bis mein Online-Meister wieder etwas von sich gab.

Dauerte nur zwei Minuten, wie ich dank meines Smartphones sah.

„Du wirst nun aufstehen“, ich blieb sitzen, „und deinen Hintern freilegen.“ Ich wackelte einmal auf dem Stuhl, sodass mein Röckchen hochrutschte, damit war es für mich erledigt. „Und dir mit dem Kamm auf den Hintern schlagen. Fünf Mal. Ich zähle.“

Die Erinnerung an den Schmerz von der Reitgerte war noch frisch, ich würde dieses Mal definitiv nicht gehorchen. Aber mein Meister merkte nichts davon, brüllte noch einmal, dass ich devot sein solle, und zählte dann im vollkommenen Befehlston: „Eins.“

Ich hingegen machte zwei Dinge: packte meine Computermaus und ließ den PC herunterfahren. Dieses Training war mir zu blöd. Woher sollte ich wissen, wie lange dieses Video noch ging? Immerhin war dies meine erste Trainingseinheit von mehreren. Wenn ich mich jetzt schon furchtbar fühlte, würde es mit jeder weiteren Minute nur schlimmer werden.

Meinem Geld nachtrauernd schaltete ich die Stromleiste aus und quälte mich aus dem Dienstmädchen-Kostüm. Schade, dass ich gleich für drei Monate im Voraus bezahlen musste, die Summe würde ich sicherlich nicht zurück bekommen.

Höchstens ein Anschrei-Video, warum ich so ungehorsam war und kündigen wollte.

Ich warf mich auf mein Bett und blickte hinauf zur weißen Zimmerdecke. Wie der Raum wohl mit einem roten Anstrich aussah? Doch den Gedanken schob ich beiseite, was brachte mir schon ein Spielzimmer ohne Spielgefährten? Warum war es nur so schwer, meinen Mr. Grey zu finden? Dabei wollte ich nichts Großes. Nur einen Mann, der mich führte, wusste, wie er dieses Begehren in mir entfachte, das ich durch mein Lieblingsbuch kennengelernt hatte.

Natürlich würde sich ein Schlag mit meiner Haarbürste von Christian wunderbar erotisch anfühlen, das redete ich mir zumindest ein.

„Anastasia kann von Glück reden, dass sie diesen Quatsch nicht mitmachen musste“, seufzte ich und griff nach meinem Smartphone. Ich musste über diese Schmach auf jeden Fall mit Maren sprechen. Meine kichernde beste Freundin, die mich mit derben Witzen aufzog, würde mich bestimmt aufmuntern. Außerdem brauchte ich jetzt jemanden, der mir gut zuredete, um weiterzumachen.

Und danach würde ich eine vernichtende Kritik über dieses sogenannte Online-Training auf meinem Blog veröffentlichen. Damit niemand mehr auf diese Masche hereinfiel.

5 Dinge, die eine Sklavin ihrem Meister nicht sagen sollte

1. Nachdem er dich gefesselt hat, anmerken, dass ich auf Toilette muss.
2. Könntest du mir die Peitsche reichen? Mir ist da was hinter den Schrank gefallen.
3. Wo ist unser Hanfseil, Schatz? Ich möchte die Wäsche aufhängen.
4. Schlag doch härter, ich spüre gar nichts.
5. „Das hast du aber niedlich gesagt!", wenn er versucht, der Dominante zu sein.

Tag 36

Nach dem Desaster mit dem Online-Meister ließ ich die Suche nach meinem Mr. Grey zunächst schleifen. Zum einem, da mir die Ideen ausgegangen waren, was ich als Nächstes ausprobieren sollte. Irgendwo gab es in der Stadt einen Zufluchtsort für genau diese Art Mann, nur hatte ich ihn noch nicht aufgestöbert. Google danach zu fragen, half leider nur bedingt.

Zum anderen füllten befremdliche Gedanken an Christoph meinen Kopf aus. Was sollte ich Leckeres kochen? Was könnte ihm besonders gut schmecken? Im Computerladen schien er nur von Kaffee und Sandwiches zu leben. Und was sollte ich anziehen? Obwohl ich mir einbildete, dass ich mich nur bei ihm entschuldigen wollte, ließen mich die Fragen nicht los. Immerhin gab er sich erstaunlich viel Mühe dafür, dass ich nur ein Kursmitglied von vielen war, während ich mich ihm gegenüber ständig ruppig und ablehnend verhielt.

Abgesehen von der Planung fürs Kochen stürzte ich mich ebenso in eigene Vorbereitungen, so, als wäre es tatsächlich ein Date. Nicht einfach nur ein gemeinsames Abendessen. Zwischen Schneiden, Braten, Abschmecken und dem Anrühren des

Teigs für das Dessert wechselte ich zweimal Kleid sowie Schuhe. Rätselte, ob ich die Haare offen tragen sollte oder hochgesteckt, und ob dezentes Make-up falsche Signale aussandte oder vielleicht doch genau die richtigen.

Letzten Endes entschied ich mich für eine gemütliche Tunika mit einem wilden Muster. Schließlich war dies immer noch Teil eines Arbeitsessens und kein Grund, sich in Schale zu schmeißen. Außerdem fand ich es bescheuert, in Heels durch meine eigene Wohnung zu stöckeln. Wenn Christoph meine peinlichen pinken Hausschuhe in Hasenform sah, würde er vermutlich jegliches Interesse an mir verlieren.

Seltsamerweise wollte ich es darauf anlegen.

Trotzdem tauschte ich noch einmal das Geschirr aus, zupfte die Servietten zurecht und holte neue Kerzen hervor, die den Esstisch zieren sollten.

Je näher das Treffen, der Termin oder auch das Date rückte, desto mehr verfing ich mich in gedanklichen Widersprüchen.

Kurz vor der vereinbarten Zeit spähte ich nach unten und entdeckte Christoph gegen seinen Porsche lehnend auf der gegenüberliegenden Straßenseite. Vollkommen konzentriert sprach er in sein Smartphone, ohne den Blick in meine Richtung zu heben. Dafür klingelte es praktisch auf die Sekunde genau um sieben Uhr. Süß, ein bisschen altmodisch vielleicht.

Plötzlich war ich furchtbar aufgeregt, als ich an der offenen Tür darauf wartete, dass der Fahrstuhl in mein Stockwerk hochfuhr. Mein Herz klopfte wild, mein Verstand warf ein letztes Mal ein, das Outfit schnell zu wechseln.

Die Fahrstuhltüren glitten auf und ich musste grinsen. Ich konnte gar nichts dagegen unternehmen, es passierte einfach. Selbst wenn ich mir einredete, dass ich nicht so auf Christoph reagieren sollte, wurde mein Grinsen nur noch breiter.

Christoph konnte sich ebenso wenig entscheiden, was dies hier nun sein sollte. Er trug immer noch die total ausgetretenen Chucks, aber die waren wohl sein Markenzeichen, und dazu eine robuste Jeans. Das Hemd kannte ich jedoch nicht, das unter seinem Mantel hervorschaute. Bei ihm hingen also nicht nur T-Shirts im Schrank.

Dennoch stutzte ich einen Moment, als ich die dunkle Krawatte um seinen Hals erblickte. So formell hatte ich ihn noch nie gesehen und es stand ihm erstaunlich gut.

Sofort verlor ich mich in meinen Gedanken. Ich stellte mir vor, wie er mir damit die Hände über dem Kopf fesselte, sodass ich mich nicht winden konnte, während er meinen Körper mit seinem Mund erkundete.

Die Röte schoss mir in die Wangen, was Christoph bestimmt falsch deutete. Nachher dachte er noch, ich wurde rot, weil er auf einmal so attraktiv aussah.

Ich musste schnell etwas unternehmen.

„Zeig deine Hände her“, sagte ich gespielt ernst, bevor er mich begrüßen konnte. „Die Innenflächen.“

Lächelnd tat er wie geheißen, sodass ich ihn nach versteckten Gadgets absuchen konnte. Auf den ersten Blick nichts zu sehen, daher zog ich ihn in eine kurze, freundschaftliche Umarmung.

„Sicher ist sicher“, gestand ich. „Wer weiß, was du dir alles einfallen lässt.“

„Aber geht es nicht darum, einen immer wieder mit etwas Neuem zu überraschen?“ Mit einem Grinsen entdeckte Christoph meine Hausschuhe. Die waren definitiv eine Überraschung zu meinem straßentauglichen Schuhwerk.

„Halt dich einfach zurück mit diesen Scherzen“, mahnte ich schmunzelnd. Dieses gefakte Kribbeln brachte mich immer noch durcheinander.

„Du denkst auch nur das Schlechteste von mir“, erwiderte er und streifte sich die Schuhe ab.

„Das liegt nicht an dir, sondern an den netten Männern im Allgemeinen.“ Ohne auf eine weitere Erwiderung zu warten, machte ich mich auf den Weg in den Wohnraum.

„Ach ich habe im Fahrstuhl einen deiner Nachbarn getroffen, ich soll dich daran erinnern, dass Hunde hier verboten seien?“, meinte er zögerlich.

Oh Gott. Jemand hatte mich bellen gehört! Und dachte nun, ich hätte einen Hund. Ich würde niemanden meiner Nachbarn mehr in die Augen sehen können.

„Ähm, ich hatte Besuch“, reimte ich mir eine Ausrede zusammen, „eine Freundin mit ihrem Hund.“

Christoph zuckte nur mit den Schultern, als wäre das Thema damit für ihn erledigt. Hellhörige Nachbarn gab es schließlich überall.

„Es riecht auf jeden Fall sehr lecker“, lobte er mich, woraufhin mich eine Welle der Freude durchströmte. „Wenn du nichts dagegen hast, starte ich noch dein Back-up. Die Dateien kopieren sich auch von allein.“

„In Ordnung.“ Ich zeigte ihm den Weg ins Schlafzimmer, während er die Kiste mit der abgestellten Hardware hochhob. „Dann richte ich schon mal an.“

Dennoch blickte ich ihm einen Moment nach. Dieses feine Jackett verlieh ihm auf einmal eine ganz andere Aura. Obwohl ich mich nicht auf Äußerlichkeiten fixieren sollte, konnte ich seinen Charme nicht länger abstreiten. Im Laden achtete er nicht darauf, ob seine Haare komplett verwuschelt waren oder das T-Shirt von Staubflusen eines PC verdreckt, an dem er schraubte. Doch dieser neue Christoph ließ mein Herz höher schlagen.

Ich mochte das Gefühl, ihn in meiner Nähe zu haben. Etwas, das ich schon viel zu lange mit keinem Mann mehr geteilt hatte.

Seitdem eine meiner Beziehungen furchtbar geendet war, weil wir uns beim Auseinandersortieren der gemeinsamen Wohnung nur noch stritten, uns gegenseitig beschuldigten und dummes Zeug vorwarfen, führte ich einen Single-Haushalt.

Ich brauchte diese Trennung von meinem privatem Leben und meinem Partner, daher war das erste Mal, einen Mann in meine Wohnung zu lassen, immer ein Risiko. Ein Test, der gar nicht so leicht zu bestehen war.

Grundsätzlich gab es zwei Verhaltensmuster bei einem ersten Besuch. Die eine Sorte Mann, die wie dumm in der Gegend herumstand und nicht wusste wohin, weil alles fremd war. Und die andere, die sich heimisch fühlte und sich gab, als wäre es ihr Palast.

Bei Christoph stellte sich jedoch ein seltsames Gefühl ein, so als würde er sich mit ins Bild einfügen. Trotz der Kiste, die er mit beiden Händen trug, hielt er kurz bei meiner Bücherwand im Wohnzimmer inne und betrachtete die Titel sowie die Fotografien und Souvenirs, die dort zur Dekoration standen.

Das war eindeutig ein Pluspunkt, auch wenn er nichts weiter dazu sagte.

Das ist ein Hausbesuch, ermahnte ich mich in Gedanken, in Abwesenheit meiner inneren Sklavin, die genauso verschwunden blieb wie mein Traummann.

Leicht unkonzentriert machte ich mich daran, den Teig für den Nachtisch in eine Form zu gießen und in den heißen Ofen zu stellen. Ehe ich die vorbereitete Vorspeise aus dem Kühlschrank holte.

Wieso denke ich nur ständig an Christoph, obwohl ich vollkommen fixiert auf meine Suche sein sollte?, sinnierte ich, während ich den Bulgursalat in die bereitgelegten Würfelformen presste. Andererseits hatte ich seit einigen Tagen mein Lieblingsbuch nicht mehr in die Hand genommen. Ana und Christian waren in meinen Augen immer noch mein ideales Paar, doch zurzeit frustrierte die Geschichte mich mehr.

Mit einem Mann an meiner Seite hätten die letzten Tage gewiss mehr Spaß gemacht. Ein realer Meister ging sicherlich umsichtiger mit mir um als mein virtueller Schreihals.

„Du warst unartig!“, polterte plötzlich eine mir wohl bekannte Stimme.

Mir rutschte fast der Teller aus der Hand.

„Ein ganz böses Mädchen!“

Wieso …? Wieso brüllte mein Meister die Wohnung zusammen? Hatten mich seine Aufgaben so sehr durcheinandergebracht, dass ich seine Stimme schon in meinen Gedanken hörte?

„Dafür werde ich dich bestrafen! Damit du Demut lernst.“

Ich ließ alles stehen und liegen und zischte wie ein Blitz ins Schlafzimmer. Christoph stand über meinem Computer gebeugt und schaute fassungslos auf den Bildschirm.

„Mach das aus!“, kreischte ich.

Er sah kurz in meine Richtung. „Würde ich ja, aber dein PC reagiert nicht.“

„Wieso bist da überhaupt draufgegangen?“

Frustriert kaute ich auf meiner Unterlippe und war den Tränen nahe. Mein vermeintlicher Meister starrte streng in die Kamera, gleich würde er wieder den Gebieter raushängen lassen und eine bescheuerte Aufgabe erteilen.

„Ich habe deinen Browser geöffnet, um deine Lesezeichen zu speichern“, verteidigte sich Christoph. „Anscheinend merkt dein PC sich die zuletzt aufgerufenen Seiten und stellt sie wieder her.“

„Keine Ahnung“, jammerte ich. Beim Herunterfahren hatte ich nur ein schnelles Ende gewollt. Seitdem war ich nicht am Computer gewesen, ich wollte nicht daran erinnert werden, dass ich kläffend wie ein Hund über den Boden gekrochen war.

Mein Meister holte tief Luft, doch Christoph machte geistesgegenwärtig die Lautsprecher aus. So war das zornige Gebrüll gleich erträglicher.

Der Anblick verschwand dadurch nicht. Christoph hatte meinen Meister ganz genau betrachten können. Von der Glatze, bis hin zur behaarten Brust eines Bären.

„Du hast es also online versucht“, stellte er mit einem Grinsen fest. „Wie war’s?“

„Das geht dich nichts an!“, blaffte ich und sah überall hin, nur nicht in seine Augen.

Christoph brach in ein herzhaftes Lachen aus und amüsierte sich prächtig über meinen stumm geschalteten Meister, der sich gerade in Rage redete. So sehr, dass er nach Luft schnappte und ich sah, wie sich die Krawatte bedenklich um seinen Hals spannte.

„Stört es dich, wenn ich die abnehme?“, fragte er, als er den Online-Kurs endlich schloss. „Ich bin das gar nicht gewohnt.“

Niedergeschlagen zuckte ich mit den Schultern.

„Du warst ein böses Mädchen“, scherzte Christoph gespielt ernst.

„Haha.“

„Nein, wirklich.“ Auf einmal deutete er auf mein Schlafzimmerfenster. „Das hast du schon seit Ewigkeiten nicht mehr geputzt.“

Ich schnaubte zumindest halbherzig.

„Zur Bestrafung musst du heute ohne Nachtisch ins Bett“, ermahnte er mich wie ein dreijähriges Kind.

Mit einem Lächeln schlich sich die Vorstellung zurück in meinen Kopf, wen ich gern als Nachtisch mit in mein Bett nehmen wollte.

„Erstmal solltest du den Hauptgang probieren, bevor du dich am Nachtisch vergreifst.“

Da zog er die Krawatte in einer fließenden Bewegung vom Hals und stoppte unsere Scherze. Ich entdeckte den Clip, der sie im Nacken zusammenhielt.

Jetzt war ich diejenige, die grinsen musste.

„Ich dachte, du stehst auf sowas“, gestand Christoph und startete die Sicherheitskopie. „Nur weiß ich weder, wie man Krawatten bindet, noch hängt eine bei mir im Schrank.“

„Nicht eine?“

„Wofür?“

„Wenn du eine Hochzeit besuchen musst?“, warf ich reflexartig ein, während ich den Raum verließ. Christoph folgte mir zum Esstisch.

„Bisher gab es da zwar immer Anwesenheitspflicht, aber keinen Krawattenzwang.“

„Hat deine Mutter dir nicht beigebracht, dass man sich bei besonderen Anlässen schick anzieht?“ Nach dem Schock von eben machte ich die Bulgur-Würfel schnell fertig.

Christoph zögerte einen Moment, anstatt zu einer Antwort anzusetzen. Mein siebter Sinn schlug Alarm. Witterte ich da etwa ein Trauma? Ein tief verschüttetes Trauma wäre nicht schlecht, um ihn vielleicht noch auf die Liste der Kandidaten zu heben. Meine innere Ana lechzte nach jemandem, den sie umsorgen konnte.

„Wie soll ich's sagen?“, druckste er herum. „Meine Mutter hält nichts von konservativen Dingen.“

„Wie der Ehe?“, meinte ich. Geschickt trug ich die Teller mit der Vorspeise und dem Hauptgang zum Tisch und nahm ihm gegenüber Platz.

„Kleiderzwang zum Beispiel. Jeder sollte das tragen, was ihm gefällt.“ Er legte erneut eine Pause ein, so als wollte er mich nicht unterbrechen, während ich die Kerzen anzündete. Aber ich wusste es besser. „Von der Ehe hält sie auch nicht viel. Warum sollten ein Paar Ringe und eine unterschriebene Urkunde zwei Menschen zusammenschweißen?“

„Sind denn deine Eltern …?“

„Zusammen und glücklich seit der ersten Minute.“ Er strahlte, es musste schön sein, mit harmonischen Eltern aufzuwachsen. „Laut meiner Mutter liegt dies an den fehlenden Ringen. Eine Partnerschaft muss ohne ein Symbol funktionieren, das einen erinnert, immer anständig zu sein und sich Mühe zu geben.“

„Wow“, erwiderte ich ehrlich. „Das ist selten.“

Ebenso selten, dass Christoph dies einfach so aussprach. Bisher hatte ich nur die Seite kennengelernt, die gern mit mir flirtete sowie das ruhige, geduldige Verhalten des Kursleiters.

Kein Trauma also, dennoch war ich positiv überrascht, wie leicht er mit mir ins Gespräch kam.

„Und was ist das hier Köstliches?“, fragte er höflich und wechselte nebenbei das Thema. Unter Freunden wäre es normal, so eine Geschichte zu erzählen, bei einem Date würde ich das Gespräch auch in eine andere Richtung lenken. Aber dies war ja kein Date, beruhigte ich mich.

„Taboulé“, ich wies auf den zu Würfeln geformten Bulgursalat mit mariniertem Gemüse,

„und Salad niçoise mit gebratenen Thunfisch-Steaks. Der Nachtisch bleibt noch geheim."

„Verwöhn mich nicht zu sehr", scherzte er und nahm eine Gabel des Reissalats, „sonst bestehe ich ausschließlich auf Hausbesuche."

„Bloß nicht. Dann müsste ich ja jedes Mal die Wohnung aufräumen."

„Für mich musst du nicht extra aufräumen."

Das sagte er jetzt, weil er noch nie meine ‚Was ziehe ich an?'-Schlachtfelder erlebt hatte. Oder die ‚Ich verbringe das Wochenende auf der Couch mit einem Buch'-Phasen, bei denen sich das Geschirr auf dem kleinen Couchtisch stapelte.

Ich lächelte warm und fühlte mich trotzdem geschmeichelt. Sogar Maren reagierte manchmal entsetzt, wenn ich mich durch die Küchen aller möglichen Länder kochte. Sie probierte stets, fragte jedoch auch oft, wo ich dieses Rezept nun schon wieder aufgetrieben hatte.

„Warum gerade französische Küche?"

„Als Kind ging meine Mutter immer mit mir in ein französisches Restaurant, wenn wir etwas ganz Besonderes feierten. Sie liebt diese Rezepte, also habe ich gelernt, sie nachzukochen, um ihr eine Freude zu machen."

„Das ist süß von dir."

„Ich bin kein Drei-Sterne-Restaurant, aber es schmeckt gut genug", meinte ich mit einem Schulterzucken.

„Hervorragend, ich bin wirklich versucht, dich

den Lehrgang mit deinen leckeren Gerichten bezahlen zu lassen.“

Den Rest des Abendessens plauderten wir ausgelassen. Wenn er zuvor bei den Kursen Abstand gewahrt hatte, ließ er nun die Distanz zwischen uns schrumpfen. Er war ehrlich und aufrichtig an mir interessiert, was mich richtig glücklich stimmte. Die Seite, die ich im Computerladen von ihm kennengelernt hatte, überspielte den Charme, den Christoph nun an den Tag legte. Er war intelligent, witzig und es verlangte ihn nicht nur nach meinem Körper.

Nur war ich schon mit so vielen Typen wie Christoph ausgegangen, ich wollte mehr als nur nette Gespräche und Blümchensex. Diese dunkle Seite würde ich nicht mehr verschließen können, ich wollte Aufregung und Abenteuer.

Und diese würden bestimmt nicht mit Christoph passieren.

Zwickmühle, eindeutig. Der Abend würde mich keinen Schritt näher zu meinem Ziel bringen, doch das Gespräch zwischen uns verlief zu angenehm, als dass ich es unterbrechen wollte. Er fragte mich nach der Arbeit in der Boutique aus, wollte wissen, ob ich wirklich eine so große Leseratte war, wie mein Bücherregal vermuten ließ und ob ich dieses Jahr in den Urlaub fahren würde und wenn ja, wohin.

Zu meiner Überraschung fand ich heraus, dass Christoph nur zwei Jahre älter war, also gerade dreißig Jahre alt geworden, und ein wenig außerhalb der Stadt lebte. Mir kam kurz der Gedanke, dass er vielleicht noch bei seinen Eltern wohnte, sprach es jedoch nicht aus. Das gemeinsame Essen war zu schön verlaufen, um ihn jetzt unnötig zu ärgern.

Uns gespielt streiten würden wir früh genug.

Etwas entwickelte sich zwischen uns, das ich viel zu lange nicht mehr erlebt hatte. Etwas, das meine Energiereserven wieder auflud. Ich fühlte mich gut. So gut, dass ich mit glühenden Wangen aufstand, als die Küchenuhr piepte. Kuchenduft erfüllte bereits die halbe Wohnung.

Mein Clafoutis, eine Art Kirschkuchen mit puddingähnlichem Teig, war gelungen und ich hob ihn vorsichtig auf meine Küchentheke. Die Masse wackelte noch leicht – perfekt.

Christoph hatte derweil die Teller abgeräumt und diese neben der Spüle abgestellt. Bevor er sich wie ein kleiner Junge neben mich stellte und am liebsten den heißen Kuchen kosten wollte.

„Der sollte ein bisschen abkühlen“, riet ich ihm. Außerdem fehlte noch eine Schicht Puderzucker. „Wie wär's, wenn du mit dem Schrauben anfängst und ich bringe gleich den Kuchen nach?“

„Immer dieses allgemeine Vorurteil, dass Computertechniker beim Arbeiten nebenbei essen“, meinte er vorwurfsvoll, machte sich aber auf den Weg.

„Das ist eher was zum Naschen“, warf ich ein.

„Darf ich solange an dir naschen?", fragte er lachend.

Er konnte das Flirten einfach nicht lassen.

Dennoch ertappte ich mich dabei, wie ich ihm wieder nachstarrte. Wieso kamen mir nur anzügliche Gedanken, wenn Christoph in Richtung meines Betts marschierte? Gleichzeitig besann ich mich auf die unbestreitbare Logik, dass Blümchensex nun mal nur im Bett stattfand. Mit dem richtigen Partner an meiner Seite würde ich mich nicht nur auf einen Ort beschränken.

Ich wusste das alles und wo starrte ich trotzdem hin: direkt auf Christophs Hintern.

Mit Kuchenstücken und Löffeln ausgestattet, folgte ich ein paar Minuten später, nur um ihn von Hardware umringt vorzufinden. Mein Computer war längst aufgeschraubt und die alten, völlig verstaubten Teile herausgeholt. Es herrschte also keine Gefahr mehr, auf dumme Gedanken zu kommen, Christoph war gut beschäftigt.

Konzentriert schraubte er meinen PC auseinander und tauschte die einzelnen Komponenten aus. Wie um zu beweisen, dass er bei der Arbeit nicht naschte, rührte er den Kuchen nicht an. Nur hin und wieder ließ er den Blick zum Teller schweifen.

Letzten Endes hielt ich ihm einen Löffel mit dem weichen Kuchen vor die Nase.

Ja, es war eindeutig ein reines Arbeitstreffen, wenn ich meinen Computertechniker beim Schrauben mit Kirschkuchen fütterte und dabei mit den

Ellbogen gestützt auf meinem Bett lag.

„Bleib gerade, Tanja. Du verkrümmst dich total“, meinte er, als er sich für den nächsten Löffel zu mir beugte. Ich gehorchte augenblicklich. Christoph war ein kleiner Rückenfanatiker.

Bei der Bewegung schubste ich mit den Füßen etwas die Tagesdecke hinunter. Etwas, das fast lautlos auf dem Boden landete. Ich hätte es gar nicht gemerkt, wäre es nicht vor Christophs Füßen gelandet.

„Soll das ein subtiler Hinweis sein?“, lachte er ausgelassen.

Ganz langsam drehte er meine Reitgerte zwischen den Fingern. Mein Blick schoss zum Schlafzimmerschrank, in dem ich meine Sextoys verschlossen hatte, damit er nicht zufällig darüber stolperte. Wieso hatte ich die vergessen?

Verdammt!

„Das ist nicht das, was du denkst“, versuchte ich es lahm.

„Nicht?“ Christoph grinste schelmisch, bevor er mir die Gerte reichte. „Ich wusste gar nicht, dass du ein Pony hast.“

Ich verdrehte die Augen bei dem Scherz.

„Macht es denn Spaß? Das Reiten?“

Sofort warf ich die Gerte hinter mir aufs Bett, Hauptsache außer Reichweite. Sonst würde ich ihn damit noch schlagen.

Immer noch grinsend deutete Christoph auf meinen Computer. „Ich bin mit dem Umbau so weit fertig, wir können also den Kurs machen, wenn du möchtest." Vergeblich sah er sich nach einer Uhr auf dem Nachttisch um. „Je nachdem, wann du morgen früh raus musst."

„Ich habe Zeit. Sollten wir zu sehr überziehen, verjage ich dich mit der Gerte", konterte ich.

Und dann setzte etwas in meinem Verstand aus. Ebenso bei meiner Vernunft. Ich habe mich im Nachhinein bestimmt tausendmal gefragt, warum ich so reagierte, doch die Antwort, die ich darauf fand, wollte ich mir nicht eingestehen.

Wie um einen Blick auf meine neue Hardware zu werfen, beugte ich mich zu Christoph herunter. Meine langen blonden Haare fielen mir prompt vor die Augen, aber Christoph strich mir diese sanft aus dem Gesicht. Die Berührung war federleicht, während sein Blick vor aufgestauten Gefühlen schwelte. Es war kein Funkeln oder Blitzen, viel mehr der Ausdruck seiner Augen, die mich auf einmal ansahen, als wäre ich das Einzige, was er begehrte.

Genau so einen Blick hätte ich mir bei meinen Mr.-Grey-Kandidaten gewünscht.

Ehe ich mich zurückhalten konnte, küsste ich Christoph. Meine Hände stützten sich auf seinen Schultern ab, damit ich nicht vornüber fiel, während ich nicht genug von ihm bekommen konnte. Ohne Vorwarnung umfasste er meine Hüften und hob mich von der Bettkante, zog mich mit ihm zu Boden.

Zwischen Kabeln und Schrauben vertieften wir unseren Kuss, ein warmes Ziehen sammelte sich in meinem Unterleib, derweil strichen meine Finger durch sein Haar. Christoph hatte mir den Kopf verdreht, er war doch gar nicht, was ich mir wünschte, dabei wollte ich ihn gleichzeitig so sehr.

Als seine Finger unter meine Tunika wanderten, hätte ich ihn stoppen müssen. Ich raste mit Vollgas auf eine Runde Blümchensex zu und bereute den Gedanken noch nicht einmal. Oder die Konsequenzen, die daraus entstehen würden.

Ohne Vorwarnung ließ Christoph von mir ab und setzte sich auf.

„Ich sollte dich nicht küssen, wenn du eigentlich nichts von mir willst."

Oh, bitte! Warum musste er einen Rückzieher machen, wenn es sich zwischen uns auf einmal so gut anfühlte?

Beinahe hätte ich dies laut ausgesprochen. Stattdessen lauschte ich erschrocken dem Echo dieses Gedanken in meinem Kopf. So gut? Wollte ich also von Christoph weiter geküsst werden? Irgendwie ja.

Nette Kerle waren so anstrengend! „Genau deswegen suche ich einen Christian Grey", schnaubte ich wütend und erhob mich. „Der würde nicht mittendrin abbrechen, sondern sich einfach nehmen, was er will."

„Du bist aber keine Anastasia Steele", erwiderte er kühl. So als hätte es den hitzigen Kuss zwischen uns nie gegeben.

Der Rest des Abends ist schnell erzählt: Das gemeinsame Essen, das Date, was es auch war, endete prompt. Während ich in der Küche den Abwasch mit einem Schwamm malträtierte, kam Christoph kurz darauf aus dem Schlafzimmer und ging schweigend an mir vorbei.

Kaum hatte er meine Wohnung verlassen, warf ich einen Blick auf meinen Computer, doch dieser war komplett zusammengeschraubt und summte so leise wie noch nie. Erst in dem Moment fiel mir auf, dass Christoph bisher mit keinem Wort eine Rechnung oder einen Preis für die neue Hardware erwähnt hatte. Sofort fühlte ich mich wieder schuldig.

Aber Christoph war eben nur ein halber Christian, daher war es besser, dass er abgebrochen hatte. Zumindest redete ich mir das ein. Redete mir ein, dass ich meinen Mr. Grey wollte. Mich in den dunklen Phantasien von BDSM verlieren wollte und dafür war Christoph einfach der falsche Mann.

Warum nur stimmte mich das traurig?

Tag 41

„Sowas hätten wir viel früher machen sollen“, meinte meine Freundin Maren mit einer Begeisterung, die mich ehrlich überraschte.

„Eigentlich bin ich nicht der Typ, der oft ins Bars geht“, warf ich ein. Arm in Arm schlenderten wir die letzten Meter bis zu unserem Ziel.

„Solltest du aber. Besser, als sich ständig in deinen Büchern zu verkriechen. Wie willst du zwischen all dem Papier den Richtigen treffen?“

„Als hättest du mehr Glück gehabt“, meinte ich leise und schaute mich verwundert um. Anhand der Hausnummern konnte es nicht mehr weit sein, dennoch marschierten wir durch ein normales Wohngebiet. Wer hätte gedacht, dass sich diese Lokalität gerade hier versteckte?

„Das war jetzt gemein“, erwiderte Maren gespielt gekränkt. „Abgesehen davon suche ich gar nicht den Richtigen. Trotzdem habe ich viel Spaß, meinst du nicht?“

Maren erzählte mir von ihrem letzten Two-Nights-Stand, wie ich es getauft hatte. Sie lernte die Typen an einem Freitagabend kennen und sonntags war schon wieder Schluss. Sonderlich betrübt wirkte sie nicht darüber. Auch die Trennung von ihrem Urlaubsflirt auf Kuba hatte sie bereits verdaut. Sie genoss die gemeinsame Zeit und Ende. Dies war so etwas wie ihr Talent, Beziehungen gingen bei ihr nicht mit Streit und unschönen Dingen auseinander, sondern friedvoll.

Meine Freundin drückte mich, so als fürchtete sie, dass ich in der letzten Sekunde einen Rückzieher machen würde. „Was ist nun mit deinem Computerkerl? Hat er dich angerufen?"

„Nein." Ich musste mir eingestehen, dass ich deswegen verletzt war. Unser Zusammenstoß war bei Weitem mehr gewesen als nur ein flüchtiger Kuss, wer wusste schon, wohin es geführt hätte. Dennoch hatte Christoph sich nicht gemeldet.

Erwartete er etwa, dass ich den nächsten Schritt machte? Nachdem ich auch diejenige war, die unseren Kuss gestartet hatte, blieb es jetzt an mir hängen?

„Du magst ihn, was?", fragte Maren plötzlich und holte mich aus meinen Überlegungen.

„Was? Nein!", widersprach ich schnell. „So eine Beziehung brauche ich nicht noch mal."

„So eine Beziehung?", hakte Maren nach.

„Na, etwas, das sofort zum Alltagstrott wird."

„Du hast also darüber nachgedacht, ob es mit ihm klappen könnte", stichelte Maren, während ein Ladenschild in Sichtweite kam.

„Nein", meinte ich nun schmollend.

„Doch hast du." Sie warf mir einen Blick von der Seite zu, der Bände sprach. Maren verlangte die Wahrheit und würde erst aufgeben, wenn ich meiner Priesterin alles gebeichtet hatte. „Warum machen wir das heute hier?"

„Das hat nichts mit Christoph zu tun."

„Natürlich nicht, wie kommst du darauf?", fragte Maren arglos.

„Jetzt verstehe ich gar nichts …", begann ich, aber sie unterbrach mich.

„Du hast ihn von ganz allein erwähnt", lachte sie fröhlich. „Er hat dir den Kopf verdreht."

Ich schwieg, sie würde mir eh nicht glauben. Ich war ja selbst nicht davon überzeugt, dass Christoph mir nichts bedeutete. Sonst würde ich nicht so verzweifelt auf eine Meldung, egal welcher Art, von ihm warten.

Gleichzeitig war ich das Warten leid. Mein Mr. Grey würde mir Christoph schon aus dem Kopf tilgen. Spätestens, wenn seine Zunge wild mit meiner rang, würde ich nicht mehr an unseren Kuss denken.

„Nicht, dass du es dir dadurch mit deinem Typ versaust, Tanja." Maren wollte mir nur einen Rat geben, dennoch stellte ich auf stur.

Ich schnaubte. „Da gibt es nichts zu versauen!"

Es war ja nicht so, als wäre unser Treffen ein schöner Abend gewesen. Der erste seit einer Ewigkeit. Nein, so war es nicht. Deswegen machte ich mir auch keine weiteren Gedanken über Christoph. Gar nicht. Nie.

Seit er versuchte, meine Aufmerksamkeit zu erlangen, lief mein Leben jedenfalls spannender ab. Davor hatte ich wirklich lange zwischen den Buchseiten gelebt. Andererseits brachte das Leben zwischen den Buchseiten mich erst auf die Idee für diesen Abend.

Mittlerweile war ich es leid, auf alltäglichem Wege angesprochen zu werden. Ich war durchaus hübsch, langes blondes Haar hatte ebenfalls seine Vorteile, wenn eine Frau einen Partner kennenlernen wollte. Trotzdem wollte ich keine weitere Zeit mehr mit Idioten verschwenden. So langsam sollte ich mal den Richtigen finden.

Umso mehr hatte mich überrascht, dass Maren sofort einwilligte, das *Asmodeus* zu besuchen.

„Klar, bin dabei", war ihre Antwort gewesen. „Das wird bestimmt lustig."

Lustig wäre das letzte Wort, mit dem ich die kommende Erfahrung beschreiben wollte. Elektrisierend, aufregend, unglaublich. Allerdings durfte ich nicht von mir auf andere schließen.

„Dennoch solltest du mir verraten, warum du so ein Lederkostüm besitzt." Ich trug erneut mein Hausmädchenkleid, was jedoch von meinem längsten Mantel verdeckt wurde. Niemand sollte zufällig einen Blick darauf werfen.

Entgegen meiner Hoffnungen leierte sich der Stoff nicht aus. Das Outfit drückte weiterhin meine Brüste ein und ich schwitzte unangenehm darin.

„Warum nicht? Superhelden sind in den letzten

Jahren total in. Dementsprechend kann Frau doch mal als Catwoman zum Karneval gehen?“

„Das ist kein Karnevalskostüm.“ Mir war neu, dass Catwoman im knallroten Lederoutfit mit einem Ausschnitt bis zum Boden durch ihre Abenteuer turnte. Wie sollte sie so im Dunkeln mit der Nacht verschmelzen?

Ich äußerte meine Bedenken.

Maren gackerte fröhlich. „Wenn eine Frau so rumläuft, ist den meisten Männern die Farbe ziemlich egal. Ich suche mir heute Abend jemanden, der mich krault, bis ich schnurre. Miaaau.“ Gespielt ließ sie die Finger durch Luft fahren, als wären diese Krallen.

Ihrem Argument konnte ich natürlich nicht widersprechen, obwohl ich die Vermutung hegte, dass ihr Kostüm deutlich mehr Männer anziehen würde als meine Dienstmädchenuniform. Ich trug weniger Stoff, trotzdem strahlte Maren in ihrem Lederoutfit ein Selbstbewusstsein aus, als wollte sie gleich die Peitsche schwingen.

„Hier geht’s rein“, meinte ich und wies auf einen fast schon dezent weiß gestrichenen Eingang, der zu einem Hinterhof führte. Nur ein kleines Schild mit einem Pfeil deutete auf das *Asmodeus*.

Nichts davon ließ jedoch darauf schließen, dass wir beide gleich auf eine SM-Party gehen würden.

Von außen wirkte das *Asmodeus* maximal wie eine Bar oder eine Kellerkneipe, die in einem Wohngebiet angesiedelt war. Über eine Treppe ins

Souterrain kamen wir in einen Bereich, der mit dunklen Holzmöbeln ausgekleidet war. Kerzen brannten in Gläsern auf den Tischen und hier und da unterhielten sich einige Gäste angeregt bei Drinks und Snacks. Bis auf die gelegentlichen Lederkostüme wäre es eine Szene wie aus jedem x-beliebigen Lokal. Auch die Barfrau sah erschreckend normal aus, wie sie Gläser polierte oder Bestellungen zusammenmischte. Lounge-Musik hallte leise im Hintergrund und würde auf lange Sicht die Zeit verschwimmen lassen.

Doch spätestens, als wir unsere Mäntel an der Garderobe aufhängten, war der Unterschied unbestreitbar. In jeder anderen Bar hätte es dumme Sprüche oder anzügliches Pfeifen gegeben, die Leute hier betrachteten uns einfach, versuchten, die neuen Gesichter einzuschätzen.

Ich erntete ein paar neugierige Blicke, aber die Anerkennung erhielt Maren. Verdammt, sie sah in ihrem Lederanzug aus wie ein Bond Girl. Fehlte nur noch die Knarre.

Dennoch fühlte ich mich fehl am Platze.

Bis ich mich umsah.

Und den im Internet hochgelobten Bondageraum entdeckte. Im hinteren Bereich stand ein Bondagegestell aus Holz, überall mit Haken versehen. Meine Recherchen zahlten sich letztendlich aus, ein spanisches Pferd, eine Bestrafungsbank sowie ein großer metallener Vogelkäfig zum Präsentieren erwarteten die Gäste des *Asmodeus*'. Dazu eine Vielzahl von Ketten, Seilen und anderen Möglichkeiten, jemanden zu fesseln.

Während ich vor Aufregung unter Schnappatmung litt, bestellte Maren uns seelenruhig etwas zu trinken und suchte sich ein Plätzchen. Kaum hatte ich mich zu ihr gesetzt und mich für mein Bier bedankt, sprach uns das ältere Pärchen vom Nachbartisch an.

„Zum ersten Mal hier?“, fragte die Frau freundlich, worauf ich nickte und Maren sie in ein Gespräch verwickelte.

Ich ließ den Blick unauffällig über ihren Aufzug schweifen. Beide trugen normale Alltagskleidung. Heinz Jeans und Hemd, Greta einen knielangen Rock mit Bluse. Ich schätzte sie locker auf fünfzig ein, sein Haar war schon etwas schütter, während Gretas ordentlicher Dutt von silbergrauen Strähnen durchzogen war.

Wie kam man wohl auf die Idee, sich in dem Alter noch mit BDSM zu beschäftigen? Trotzdem saßen sie innig beieinander, keiner der beiden hatte den Partner hierhin verschleppt. Sie machten nicht den Eindruck, als könnten sie sich regelmäßig auspeitschen.

„Wir warten noch auf ein anderes Paar“, erklärte Heinz, als er meinen Blick bemerkte.

Im Stillen dankte ich, dass er dies angesprochen hatte. Meine Neugier war groß, dennoch hätte ich mich nicht getraut „Ihr macht echt BDSM?“ zu fragen.

„Dein Kostüm gefällt mir sehr gut“, lobte mich Greta.

„Danke.“

„Das würde prima an dir aussehen, Heinz.“

Vor Schreck spuckte ich in mein Bier.

Greta lächelte über meine Unbedarftheit.

„Ich trage alles, was du mir aufträgst“, erwiderte Heinz demütig. Wobei er glücklich und zufrieden aussah, so, als gefiel ihm diese Rollenverteilung äußerst gut.

Trotzdem musste ich bei der Vorstellung schlucken, die mein Kopfkino mir präsentierte. Bis ich Gretas breites Grinsen sah.

„Das war ein Scherz, oder?“

„Vielleicht“, meinte Greta süffisant. „Wer weiß das schon.“

Okay, in diesem kleinen Kreis namens BDSM liebten es also alle, mich zu veräppeln.

„Wie lange machen Sie das denn schon?“, fragte Maren neugierig und ich bewunderte sie für ihre Offenheit. Ich wüsste nicht, ob ich andere einfach so nach ihren Sexpraktiken ausgehorcht hätte.

Aber ich sollte mich daran gewöhnen, schließlich wollte ich heute Abend auf Männer zugehen.

„Ach, ein paar Jahre“, erzählte Greta lächelnd. „In unserer neuen Wohnung mussten wir uns leider verkleinern, zum Glück haben wir das Asmodeus gefunden.“ Sie nippte an ihrem bunten Cocktail mit Schirmchen. „Es ist auch ungefährlicher, falls unsere Enkel spontan zu Besuch kommen.“

Maren lachte fröhlich, während ich an das Szenario dachte, wie ich meine Sextoys panisch vor Christoph versteckt hatte. Wie sollte ich das meinen Kindern oder gar Enkeln erklären, wenn diese auf einmal hereinplatzten? Mir wurde ganz übel bei der Vorstellung.

„Außerdem würde unser Vermieter uns den Kopf abreißen, wenn ich Haken in die Decke bohre, die mein Gewicht halten", warf Heinz ein.

„Wie kommt man denn als Pärchen darauf, so etwas zu beginnen?", wollte ich nun doch wissen. „Ich meine, man überfällt seinen Partner damit sicher nicht beim Abendessen?"

Ihre Lebensgeschichte half mir bestimmt weiter, wie ich meinen Traumpartner finden sollte.

„Also eigentlich habe ich es Heinz vorgeschlagen, nachdem die Kinder ins Bett gebracht waren", meinte Greta fröhlich.

„Einfach so?"

„Einfach so."

Ob ich wollte oder nicht, ich stellte mir vor, wie ich meiner letzten Beziehung dies vorschlug. Der hätte mich für wahnsinnig erklärt. *Shades of Grey* hatte diesen Wunsch nur noch genährt, aber ob das tatsächlich möglich war? Hey Schatz, ich hab Lust auf eine Runde Schmerz?

Dass es nur darum ging, sich völlig fallen zu lassen, hätte mein Ex nie eingesehen.

„Ihr seid noch jung, doch eines Tages werdet ihr den Partner finden, mit dem ihr alles teilen wollt und dem ihr alles sagen könnt.“ Greta tätschelte ihrem Ehemann den Arm. „Es macht uns großen Spaß, nicht wahr?“

Heinz nickte und überließ seiner Frau die weitere Erklärung.

„Miteinander Spaß zu haben, funktioniert jedoch nur, wenn ein Paar immer wieder neue Dinge ausprobiert und diese gemeinsam zu etwas Besonderen macht.“

Ich lächelte über ihre Worte, während Maren Heinz bereits in ein Gespräch über ihr Kostüm verwickelte. Anscheinend hatte er wirklich ein Faible für solche Aufzüge.

„Wie bist du denn dazu gekommen?“, fragte Greta mich neugierig.

„Also naja“, druckste ich herum, „Es gibt da dieses Buch …“

„Du bist eine dieser Leseratten.“ Sie wandte sich an ihren Mann. „Da stimmst du mir zu, oder Heinz?“

Er nickte ergeben.

„Was meinen Sie?“

„Na dieses berühmte Buch, das gerade alle Frauen lesen und sich im Anschluss wünschen, dies ebenfalls zu erleben.“ Greta nippte noch einmal an ihrem Cocktail. „Heinz hat es schon durch, glaubte, er könne sich dadurch ein paar Anregungen holen, wenn es so in aller Munde ist.“

Ihr Mann lächelte ein wenig stolz, als wäre dies der Beweis, wie viel Mühe er sich für seine Liebste gab.

Mein Herz schwoll bei dem Anblick der beiden an, sie waren einfach zum Knuddeln. Gleichzeitig wünschte ich mir, ein Mann würde dies auch für mich machen.

„Ja, ist sie“, bestätigte Maren. „Tanja ist allerdings mehr vom Buch gefesselt als wirklich von einem Partner.“

Ich riss die Augen auf, als ich die Zweideutigkeit dahinter entdeckte. Die Drei am Tisch amüsierten sich über den Scherz auf meine Kosten.

Ich stimmte in ihr Lachen mit ein, denn irgendwie behielt meine Freundin ja recht.

„Es ist interessant, wie ihr jungen Dinger euch aufgrund dieses Romans unterwerfen wollt“, warf Heinz ein. „Bei der heutigen Emanzipation wollen Frauen doch eher der Chef sein.“

Er drückte Gretas Hand, als fände er diese Eigenschaft an ihr wunderbar. Zucker, die beiden.

„Ich würd mich nicht versohlen lassen“, scherzte Maren, „dafür hinterlasse ich viel zu gerne Kratzspuren.“

Erneut verschluckte ich mich an meinem Bier, dabei war ich sonst nie um eine Erwiderung verlegen.

„Schätzchen“, meinte Greta auf einmal ganz mütterlich. „Das ist ein Hobby, so wie andere Leute Seidenmalerei betreiben oder Fußballfans sind. Dieser Roman zeigt eine sehr romantische Sicht auf die Dinge. Du solltest einfach probieren, ob es dir wirklich gefällt."

Ich wollte widersprechen, aber Greta ließ es nicht zu.

„Mein Heinz hat früher schon gewerkelt und wir hatten viel Spaß beim Austüfteln unserer Spielzeuge."

„Und beim Tarnen als Unterbaukommoden oder Hängematten."

Tja, nicht jeder baut eben Gartenlauben oder Tische, dachte ich grinsend. Andererseits war es vor zwanzig Jahren sicherlich viel schlimmer gewesen, in einen Sexshop zu spazieren. Hatte es diese in der konservativen Vergangenheit überhaupt gegeben?

„Worauf ich hinaus will", ergänzte Greta, „für eine Partnerschaft brauchst du erst einen Mann, dem du vertrauen kannst. Zu dem du eine besondere Verbindung hegst. Sex ohne Gefühle ist selbst mit Accessoires nur plumpes Rumvögeln."

„Du solltest dein Gesicht sehen", kicherte Maren.

Ich schwieg lieber, weil sich in mir die Vorstellung aufdrängte, wie meine Mutter mit mir übers Rumvögeln sprach. Greta schien nur ein paar Jahre älter zu sein.

Da trat ein wahrer Sexgott aus den hinteren Räumen in die Bar. Bestimmt zwei Meter groß, mit einem Körper, als würde er jeden Tag vier Stunden Muskeltraining machen, blond und blauäugig. Ich vergaß mein Bier auszutrinken und starrte hemmungslos, während Maren ihn bereits mit den Augen auszog. Viel blieb nicht mehr übrig, er war nur in Jeans bekleidet, sonst konnten wir uns an seinem Bizeps sattsehen.

„Thorge, wie geht es dir?“, grüßte Greta und erhob sich, um ihn flüchtig in den Arm zu nehmen.

Ein schwedischer Sexgott. Ich drohte, auf meinem Stuhl dahinzuschmelzen.

Greta tauschte sich leise mit ihm aus und zeigte plötzlich auf mich. Sofort schoss mir die Röte in die Wangen.

„Thorge ist ein Lieber“, meinte nun Heinz. „Ihm kannst du vertrauen.“

„Na los“, drängte meine Freundin. „Schnapp ihn dir.“

„Und du?“

„Ich werde schon nicht vereinsamen.“ Maren tätschelte Heinz‘ Arm. „Außerdem habe ich einen äußerst netten Gesprächspartner gefunden.“

Der blonde Gott bemerkte, wie ich aufstand, und kam sogleich auf mich zu.

Greta scheuchte uns beide fort, doch entgegen meiner wilden Phantasie schmiss er mich nicht über die Schulter und trug mich in seine Burg. Stattdessen blieben wir am Rand der Bar. Lächelnd gab er mir die Hand und fragte ganz charmant, ob ich noch etwas trinken wollte.

Ich schüttelte panisch mit dem Kopf. Was nun? Das war die Gelegenheit und ich fühlte mich wie erstarrt. Was sollte ich jetzt sagen? Los nimm mich und peitsch mich aus?

„Du kommst hier aus der Stadt oder bist du wie ich angereist?“, wollte Thorge wissen, da er meine Panik wohl spürte.

„Ich bin aus der Stadt.“

Er lächelte breit und wirkte auf mich nur noch mehr wie ein heißes Unterwäschemodel.

„Keine Sorge, ich bin auch erst seit vier Jahren dabei. Am Anfang ist jeder verkrampft. Aber wir sind hier alle gleich, niemand urteilt über den anderen.“

„O-Okay?“

„Na komm“, er hielt mir den Arm hin und ich hakte mich automatisch unter. „Wir suchen uns einen Raum, in dem wir ein bisschen ungestörter sind.“

Nickend folgte ich ihm und musste schließlich doch grinsen, weil meine Freundin jubelte und klatschte, als hätte ich gerade ein Zeugnis mit Auszeichnung erhalten.

Thorge überragte mich meilenweit, seltsamerweise fühlte ich mich nicht eingeschüchtert. Er führte mich in einen kleinen Nebenraum, den eine unscheinbare schwarze Tür von der Bar abtrennte. Mit nervös klopfenden Herzen trat ich ein und bemerkte kaum, wie sich die Tür mit einem Klicken hinter uns schloss.

Vor Überraschung riss ich Augen auf. Die Wände waren in einem dunklen Rot gestrichen, zwei Lampenspots in den Ecken tauchten alles in ein gedämpftes Licht. Ein schwarzes Ledersofa wartete auf uns und daneben war eine Sprossenleiter an die Wand montiert. Sowie ein spanisches Pferd.

Die Vorstellung an die Sprossenleiter gefesselt und gründlich untersucht zu werden, jagte vor Aufregung meinen Puls hoch.

Das kam Mr. Greys Spielzimmer so nah wie nichts zuvor.

„Ich bin ziemlich unerfahren auf dem Gebiet", gestand ich und pfriemelte am Stoff der Dienstmädchenuniform. Maren hatte mir ausgeredet, einem Fremden zu gestehen, dass ich praktisch noch BDSM-Jungfrau war.

„Das macht nichts." Er lächelte weiterhin, setzte sich auf das Sofa und klopfte einladend aufs Leder.

„Danke." Zögerlich kam ich seiner Aufforderung nach. Ob Ana im Buch auch so nervös gewesen war? Ich wollte mich an dem Raum sattsehen, war allerdings furchtbar angespannt, was mein Sexgott nun mit mir vorhatte.

„Was denn? Dachtest du, ich halte dir das vor?"

Ich zuckte mit den Schultern.

„Wenn ich dir einen Tipp geben darf", meinte Thorge. „Dein Outfit sieht recht unbequem aus."

„Ist es auch."

„Wenn du nicht darauf stehst, eingeengt zu werden", er zögerte einen Moment, als wartete er auf eine Erwiderung, „dann probiere es mal in einem Gothicshop oder einem Mittelalterkostümshop im Internet. Das geht zwar schnell ins Geld, trägt sich aber wie eine zweite, maßgeschneiderte Haut."

Ich bedankte mich erneut und kam mir plötzlich dumm vor.

„Wir lassen es ganz langsam angehen, okay?" Das klang jetzt fast wie im Fitnessstudio. Eine Probestunde für Tanja, bitte.

Meine Nervosität ließ sich einfach nicht abschütteln.

„Heinz und Greta nennen mich Thorge", er zwinkerte mir zu, „doch hier im Club habe ich den Spitznamen ‚der Schwede' bekommen. Wie heißt du?"

„Ta…"

„Nicht dein echter Name, Schätzchen." Es war wirklich süß von ihm, dass er sich die Zeit nahm. Ich hatte schon befürchtet, er fiel gleich über mich her, schwang die Peitsche und legte los mit der süßen Folter.

„Wie wäre es, wenn wir dich für heute ‚Mistress T' nennen?", schlug Thorge vor. „Erstmal nur zwischen uns beiden. Wenn du zum Kreis dazu stößt, kannst du dir einen anderen überlegen."

„Klingt gut." Ich lächelte. Ab sofort war ich Mistress T. Klang wie ein Superheldenname, sodass ich unbewusst an Christoph dachte. Schnell verscheuchte ich alle Erinnerungen an ihn, schließlich stand meine Probestunde BDSM bevor.

Christoph sollte bei dem Thema nicht in meinem Kopf herumspuken.

„Du weißt, was der Ampelcode bedeutet?“, fragte Thorge noch, wie um mich zu motivieren.

Ich spulte den Ampelcode ab.

„Siehste, das wird“, munterte er mich auf. „Entschuldige mich kurz, ich ziehe mich um und dann können wir unseren Spaß haben.“

Aufgeregt starrte ich ihm hinterher.

Der Sexgott wollte seinen Spaß mit mir haben!

Das war jetzt flott gegangen!

Und mir ein bisschen zu schnell.

Gleichzeitig versuchte ich, meine Zweifel zu verdrängen. Lediglich eine Tür trennte uns vom Barbereich. Falls Thorge zu weit ging, konnte ich schreien und auf mich aufmerksam machen, beruhigte ich mich. Ich würde nicht kneifen, sondern es einfach ausprobieren.

Zwar saß ich ruhig auf meinem Sofa, aber innerlich hüpfte ich ausgelassen. Wenn man sich einmal ins Becken traute, war der Rest anscheinend ganz leicht. Was für verruchte Dinge Thorge wohl mit mir plante?

Ich leckte mir die Lippen und überlegte, wie weit man in diesem Etablissement ging. Bereitete man sich nur gegenseitig Lust, in dem man die Körper mit Federn oder Eiswürfeln erkundete? Ich konnte mir nicht vorstellen, dass ein Pärchen an einem so öffentlichen Platz miteinander schlief.

Jedenfalls hatte ich nicht vor, in dieser Nacht mit Thorge im Bett zu landen. Schwedischer Sexgott hin oder her.

Thorge kehrte als ‚der Schwede' zurück, nur dass seine Aufmachung mein Bild von dieser Kultur völlig ramponierte: In ein Lederdress geschnürt, das praktisch nur aus Streifen, Reißverschlüssen und klimpernden Accessoires bestand, baute er sich vor mir auf.

Der unglaublich attraktive Mann erinnerte mich auf einmal an einen Rollbraten. Nein, an ein Spanferkel mit Apfel im Maul, denn Thorge kaute auf einem Ball.

Entsetzen und Sprachlosigkeit führten dazu, dass ich ausgiebig starrte. Vor Schreck konnte ich nämlich meinen Blick nicht abwenden. Der sexy Oberkörper wirkte nur noch seltsam.

Thorge spannte die Muskeln an, um ein wenig besser zu posieren. Dachte wohl, das träfe genau meinen Geschmack.

Bevor ich etwas unternehmen konnte, ging er vor mir in die Knie und bot mir eine Art Kragen mit Leine dar.

„Lass mich dein Sub sein, meine Mistress!", knurrte er und sah am Boden hockend zu mir auf.

„Du willst mein Bücherstapel sein?"

Das Stirnrunzeln sah ich trotz der ledernen Maske.

„Sub … Stapel ungelesener Bücher", brabbelte ich. Ging's noch peinlicher?

Ich war erledigt.

Zumindest musste Thorge darüber lachen, während ich in Schockstarre verfiel. „War dir das zu schnell?", meinte er, als er den Ball einen Moment aus dem Mund drückte.

„Ich … äh … sorry." Durch mein Hirn ratterten die wichtigsten Begriffe, die ich für heute Abend erneut verinnerlicht hatte. „Also bin ich die Dom?"

Er zeigte mir einen ausgetreckten Daumen.

Das brachte mich in ungeahnte Schwierigkeiten.

„Ich mache alles, was du mir sagst, Mistress."

„Ähm …" Thorge sah mich auffordernd und voller Vorfreude an, er konnte es kaum abwarten, dass ich mir etwas einfallen ließ.

Okay, dann würde ich halt zeigen, was ich konnte. Ich war diejenige, die die Regeln aufstellte. Da ich mich aber weiterhin überfordert fühlte, griff ich meine einzige BDSM-Erfahrung mit meinem Online-Meister zurück.

„Sei mein Hund."

Er freute sich.

Während ich fürchtete, dass er gleich vor Freude mit seinem Schwanz wedelte …

Thorge begeisterte sich über alle Maßen, das sah ich an seinen strahlenden Augen. Ich hingegen blinzelte nur verwirrt, weil ich fest damit gerechnet hatte, dass ihm dies nicht gefiel. Andererseits hatte Ana in meinem Lieblingsbuch auch immer folgen müssen.

Ein wenig verspätet rastete eine Erkenntnis in mir ein: Jetzt suchte ich nicht mehr nach meinem

Mr. Grey, innerhalb dieses Szenarios war ich selbst Christian.

Na, ob das gut ausgehen würde?

„Führst du mich den anderen vor?“, half Thorge mir aus, der mein Schweigen für Unsicherheit hielt.

„Äh, ja.“ Ich nickte bekräftigend. „Ja, genau!“

Das mitgebrachte Geschirr stellte sich als ein Kragen für den Hals heraus, an dem ich eine ledernde Leine befestigen konnte. So wie bei richtigen Hunden.

„Wer hat dir erlaubt zu lächeln?“, fragte ich, als mir Thorges Grinsen auffiel, und ich versuchte, den Tonfall meines Onlinemeisters zu treffen. Was mir nicht einmal ansatzweise gelang.

Thorge zuckte jedoch zusammen und setzte sofort einen grimmigen Gesichtsausdruck auf.

„Du wirst ganz brav vorausgehen und das Gelände auskundschaften.“ Ein bisschen fühlte ich mich wie im falschen Film.

„Ja, Mistress.“

Da ich mich bei den Räumlichkeiten nicht auskannte, schien mir der Einfall, meinen „Spürhund“ den Vortritt zu lassen, am sinnvollsten. Thorge schlug zuerst die Richtung ein, die auf einen Gang und schließlich ins Untergeschoss führte. Auf Knien, versteht sich. Auf allen vieren kroch Thorge voraus, spähte bei Biegungen um die Ecken und verhielt sich mehr wie ein Jagdhund als ein sehr großer, muskulöser Mann.

Zugegeben ich war überrascht, wie flink Thorge sich bewegte. Und wie wenig dies die anderen Gäste störte.

Klein zu sein, hatte manchmal auch Vorteile. Da Thorge aufrecht ein Zweimeterriese war, konnte ich ihn auf allen Vieren ausgiebig betrachten. Die Beule in seiner Hose ließ sich nicht leugnen. Er hatte einen mächtigen Ständer, weil ich ihn quer durch die Räumlichkeiten kriechen ließ. Oh Mann!

Müsste ich nicht auch Erregung fühlen? Von diesem Kribbeln und der Aufregung mitgerissen werden? Warum fühlte ich nur zwei Dinge: Scham und Unglauben.

Würde ich zu so etwas fähig sein, wenn ich eines Tages meinen Mr. Grey traf und er mich zu seiner Sklavin machte?

Ich konnte es mir nicht vorstellen.

Thorge schaffte tatsächlich die Treppe ins Untergeschoss herunterzuklettern, wofür ich ihn beinahe gelobt hätte. Stattdessen entschied ich mich für einen Klaps auf den Hintern, den er mit einem begeisterten Quieken entgegennahm.

Selbst wenn ich Probleme hatte, bei seinem Outfit in Stimmung zu kommen, dieser Laut gab meiner Erregung den Rest.

In was für ein seltsames Erlebnis bin ich heute nur wieder geraten?, dachte ich.

Als Nächstes kamen wir in einen höhlenartigen Saal einer mittelalterlichen Burg. Alles war etwas rustikaler gehalten, ein Tierfell bedeckte sogar das Bett und grobe Kerzen flackerten in eisernen Haltern. Dunkel und düster wirkte der Raum, doch auf gleiche Weise mysteriös und einladend.

Atmosphäre wie in einem Highlander-Roman, hätte ich fast gemurmelt, hielt mich dennoch zurück.

Mir stockte allerdings der Atem, als ich das Spiel betrachtete, das ich diesem Raum zugange war.

Eine Frau mittleren Alters war an ein Andreaskreuz gefesselt. Die Brüste lediglich von einer locker geschnürten Korsage verhüllt und die Augen mit einem schmalen Stück Stoff verbunden. Drei Männer waren mit zugegen, ebenfalls im mittleren Alter, jedoch nur in engen Lederhosen gekleidet. Simple, dunkle Masken verdeckten die größten Teile ihrer Gesichter.

Die Frau wimmerte und wand sich vor Lust, während die Herren sie schweigend streichelten und der letzte einen Dildo zwischen ihre Beine schob. Der Duft von Erregung und Schweiß machte die Luft schwer, ihr Keuchen ließ meine Kehle trocken werden.

In was waren wir hier hereinspaziert?

Verwirrt drückte ich noch einmal die Klinke, die ich umklammert hielt, aber sie war tatsächlich unverschlossen. Die Gäste des *Asmodeus* konnten zu jeder Zeit eintreten, obwohl … das da passierte.

Vor Schreck ließ ich die Leine fallen, die mit

einem dumpfen Geräusch auf dem Boden aufschlug.

Einer der drei Männer drehte sich zu mir um, die anderen ließen sich nicht abschrecken.

Scheinbar kannte er Thorge. „Wollt ihr mitmachen?“, fragte er ganz unbekümmert. Die Frau hinter ihm warf sich vor Lust gegen ihre Fesseln.

Mir schoss vor Scham das Blut in die Wangen und mein Kopf war wie leer gefegt. Ich war mitten in ein Sexspiel gestolpert und dies schien völlig normal.

Da baute Thorge sich hinter mir auf, so dicht, dass ich seine Körperwärme auf meiner nackten Haut spürte. Jedoch weit genug weg, um mich nicht zu bedrängen.

„Bitte, fessel mich, Mistress“, flüsterte er.

Obwohl Wildfremde zugange sind?, dachte ich panisch.

„Bitte, lass mich dein ergebener Sklave sein“, winselte Thorge fast.

Mein Blick schweifte erneut zu der Frau.

Schwitzend und stöhnend trieben die drei Männer sie zum Höhepunkt und ich schaute in der ersten Reihe zu.

„Nein“, rutschte es mir auf einmal heraus. „Ich kann das nicht, sorry.“

Ehe Thorge noch nach seiner Mistress rufen konnte, rauschte ich aus dem Raum. Mit wehendem Dienstmädchenrock rannte ich nach vorne und packte meine Sachen, sodass meine Freundin mir kaum folgen konnte.

Immer und immer wieder hörte ich Gretas Worte durch meinen Kopf widerhallen: Sex ohne Gefühle war nur plumpes Rumvögeln.

Tag 42

Kurz nach Mitternacht klingelte es an meiner Wohnungstür, aber ich hatte nicht die Muße, aufzustehen und zu öffnen. Zwei Minuten später hörte ich, wie das Schloss aufgesperrt wurde, daher konnte es sich nur um Maren handeln. Sie besaß als Einzige einen Ersatzschlüssel.

„Tanja?“, rief sie in die Dunkelheit des Wohnzimmers.

Dennoch bewegte ich mich nicht, sondern starrte wie hypnotisiert auf die Kartons, die vor mir auf dem Bett standen.

Laut polternd eilte sie ins Schlafzimmer und stieß mit einem Ruck die Tür auf. Zunächst blinzelte sie im hellen Lampenlicht, doch dann baute sie sich in ihrem Lederkostüm zur vollen Größe auf.

„Du bist einfach abgehauen!“, beschwerte sie sich.

Ich zuckte mit den Schultern.

„Ich hab Thorge vor versammelter Mannschaft zur Schnecke gemacht, weil ich dachte, dass er dir wehgetan hat!“ Rote Flecken traten auf ihre Wangen und sie stemmte zornig die Hände in die Hüften. „Und es hat ihm auch noch total Spaß gemacht! Aber was ist passiert? Dein Schwede wusste wirklich nichts.“

Ein Schauer lief mir über den Rücken und ich fröstelte bei der Erinnerung ans *Asmodeus*.

„Weißt du, wie seltsam es ist, wenn du jemandem Schläge androhst und er antwortet: Ja, bitte!“, scherzte Maren nun wieder und ließ sich zu mir aufs Bett fallen. „Keinen Pieps hat er gemacht, während ich ihn anbrüllte und in die Seite boxte. Obwohl ich etwas aus ihm heraus bekommen wollte!“

„Das gefällt Thorge“, warf ich halbherzig ein.

„Echt?“

Ich schielte hoch und sah sie grinsen.

„Vielleicht hätte ich nach seiner Nummer fragen sollen. Ich konnte meinen aufgestauten Zorn mal so richtig raus lassen.“

„Hast du sein Outfit gesehen?“, fragte ich. Dennoch fand ich die Vorstellung interessant. Maren war sehr temperamentvoll und manchmal streitsüchtig, was der Schwede ja anscheinend als Gegenstück brauchte.

„Yup.“ Meine Freundin zuckte nicht mal.

„Und du willst immer noch seine Nummer?“

„Ach daher weht der Wind?“ Sie versetzte mir einen Knuff in die Seite. „Tanja, Kostüme zieht man aus, bevor man übereinander herfällt.“

Da war ich mir nicht mehr sicher. Langsam erzählte ich ihr von der Szenerie, in die ich geplatzt und vor der ich letztendlich davon gelaufen war.

„Somit hast du eins gelernt.“ Sie stützte sich auf die Ellbogen und sah mir ernst in die Augen.

„Und was?“, zweifelte ich.

„So eine extreme Form des BDSM ist nichts für dich.“

„Ich will allerdings nicht der Blümchensex- und Kuscheltyp sein“, beschwerte ich mich, endlich wieder mit mehr Kraft in der Stimme. „Ich will auch dieses Verlangen … wie im Buch.“

„Mensch, Tanja, was ist schon Verlangen? Außer das Gefühl, dass du jemanden unbedingt willst. Du bist neugierig, du bist aufgeregt, in deiner Vorstellung ist es vermutlich zehnmal besser als in der Realität. Du verlangst nach etwas, weil es neu und anders ist.“

Ich zuckte mal wieder mit den Schultern und machte mich daran, meine Locken aus der Hochsteckfrisur zu befreien.

„Du musst nicht gleich BDSM betreiben, um dieses Verlangen zu spüren.“ Sie lachte ausgelassen. „Das ist so, als würde jemand, der sein ganzes Leben Fahrrad gefahren ist, nun mit einem Panzer durch die Gegend preschen.“

Wie dankbar war ich für ihre Worte, die mich wie eine angenehme Welle durchfluteten. Maren schaffte es immer, dass ich mich besser fühlte.

„Was hast du als Nächstes vor, Süße?“

Ich zeigte auf meine Kartons. Darin lagen mein Sexspielzeug und all die Goodies, die ich in den letzten Wochen für mein Abenteuer mit Mr. Grey vorsorglich gesammelt hatte. Das Dienstmädchenkostüm war längst im Müll gelandet, da würde ich mich nie mehr hineinzwängen.

Durch Marens Worte bestärkt, schleppte ich mich zum Bücherregal. Ohne genau hinzusehen, fischte ich meine Lieblinge heraus und verbannte die Trilogie ebenfalls in die Kiste. Schloss die Deckel und verstaute sie im Schrank.

Dadurch waren sie nicht aus der Welt, aber auch kein aktiver Teil meines Lebens. Dachte ich, glaubte ich, machte ich mir vor.

So wirklich war ich mir nicht sicher, ob die Entscheidung richtig oder falsch war. In dem Moment fühlte es sich befreiend an. Als wäre eine große Last von mir abgefallen.

„Es ist nicht wie im Buch", meinte ich lahm und ließ mich wieder aufs Bett fallen. Aus dem Mund einer Achtundzwanzigjährigen musste das komplett verrückt klingen.

„Sieh's positiv." Maren, immer die gute Freundin, schlang den Arm um mich.

„Und wie?"

„Du hast dich getraut!", sprach sie voller Zuversicht. „Nicht alles Neue muss gleich Spaß machen. Einmal bin ich auf einen Typen gestoßen, der wollte auf dem Badewannenrand stehen, während ich ihm einen blase, damit er das im Spiegel beobachten kann. Dem Kerl hab ich den Vogel gezeigt."

Ich kicherte bei der Vorstellung. Das nächste

Vollbad wäre sicherlich eine lustige Angelegenheit, wenn ich mir vorstellte, wie Maren den Kerl vom Rand schubste.

„Du hast deinen Traum gelebt oder es zumindest versucht." Sie zog mich dichter zu sich heran. „Männer können furchtbar eintönig sein. Was glaubst du, warum ich so viele durchteste?"

„Aus Spaß am Sex."

„Auch." Sie hob spöttisch die Augenbrauen, bevor sie wieder ernst wurde. „Ich warte auf den einen, der mich fasziniert. Beim Sex ist es eher so, dass ich nicht immer nur von Gummibärchen naschen will, ich brauch auch mal Lakritz oder Bonbons zum Lutschen. Thorge, der Lederrollbraten, traf einfach nicht deinen Geschmack."

„Das sehe ich mittlerweile auch so, dennoch will ich nicht immer nur dieses Gleichbleibende: rein, raus, fertig. Ich will auch Lakritze und Bonbons, versteht du?" Oh Mann, wenn uns jetzt jemand hören könnte!

„Deswegen wurden Rollenspiele erfunden", behauptete sie voller Inbrunst.

„Ich bin weder eine Sklavin noch die Verkörperung eines Christian Grey", widersprach ich. „Das hat beides nicht gepasst."

„Bei so einem Spiel kannst du alles sein, jede Rolle, die dir einfällt. Man kann sein erstes Date nachspielen, man kann zwei Aliens sein oder Prinzessin und der edle Ritter."

So gesehen hatte ich mit meiner Suche auch nur

ein Rollenspiel aufgeführt. Nur leider hatte kein Kerl verstanden, was ich eigentlich wollte.

„Vermutlich hast du recht."

„Ich hab immer recht!"

Unbewusst verdrehte ich die Augen. „Und jetzt brauche ich definitiv meine beste Freundin, Popcorn und einen Schnulzenfilm."

„Hast du schon Love Affairs gesehen?"

„Ist noch auf der Watch-List."

Mit einem Satz stand Maren wie eine Akrobatikkünstlerin auf den Füßen. „Ich schmeiß das Popcorn in die Mikrowelle, du kümmerst dich um den Fernseher."

„Danke", rief ich ihr hinterher.

„Dafür bin ich doch hier."

„Und noch etwas." Ich betrachtete ihr Outfit ausgiebig. „Kannst du dieses furchtbare Lederkostüm ausziehen? Sonst hab ich noch Angst, dass du mich verhaust, wenn ich beim Film reinquatsche."

Pro & Kontra: devoter Mann

+ Geht mit mir shoppen, weil er die Qual braucht.
- Könnte in Leder besser aussehen als ich.
+ Geht gern mit dem Hund raus.
- Wer führt wen an der Leine beim Gassigehen?
+ Macht den Haushalt mit Inbrunst. Putz das Bad, Sklave!
- Ist ein nackter, bügelnder Mann sexy?
+ Ich würde jeden Streit gewinnen.
- Woher weiß ich, ob er mir zustimmt oder nur bestraft werden will?

Tag 46

Abgesehen von meinem Scheitern, ein Leben mit BDSM zu führen, hatte ich noch eine weitere Schlacht auszutragen: eine mit Christoph.

Tatsächlich hatte ich den Computerkurs nicht frühzeitig abgebrochen, sondern die letzten beiden Termine zu meiner eigenen Überraschung durchgezogen. Wobei ich dabei auf die typischen Waffen einer Frau zurückgriff: Ignoranz vortäuschen. Geschält in eine Rüstung aus einem sexy neuen Kleid und Heels, die unglaublich gut an meinen Füßen aussahen.

Dämliche Strategie, mich total in Schale zu schmeißen, nur damit ich mich besser fühlte. Aber vielleicht wollte ein klitzekleiner Teil von mir auch, dass Christoph erkannte, was er verschmäht hatte.

Ja, der Teil war recht groß, ich gestehe. Denn immer wieder fragte ich mich, wie der Abend weiter verlaufen wäre, hätte Christoph nicht zurückgezogen. Gereizt hätte es mich schon.

Doch das Thema hatte er selbst beendet. Also versuchte ich, nicht zu viele Gedanken daran zu verschwenden.

Gleich zu Beginn des vorletzten Kurses merkte ich die Veränderung, die zwischen uns stattgefunden hatte. Christoph brachte mir nicht wie gewohnt eine Tasse Tee mit. Zwar grüßten wir uns, doch auf die Frage, wie es dem anderen ginge, logen wir beide mit der Standardantwort: gut.

Mir ging es nicht gut, allerdings würde ich ihm das nicht gestehen.

Besonders, da der Smalltalk damit bereits endete und wir uns ganz professionell um die Software und den Aufbau des Blogs kümmerten. Immerhin brachte er mich zu meinem Auto ... Andererseits hätte dies sonst Harald übernommen, der im Laden noch den Kaffeevollautomaten säuberte.

So langsam wusste ich überhaupt nichts mehr. Dass Christoph mich auf Distanz hielt, unseren Kuss und das Abendessen einfach zu vergessen, tat weh. Wir ignorierten uns und wirkten vollkommen steif in der Gegenwart des anderen, total verkrampft und unnatürlich.

Wenn ich ehrlich zu mir war, hatte ich die meiste Zeit der letzten zwei Monate hauptsächlich verkrampft und unnatürlich verbracht. Bis auf die Stunden im Computerladen, die Zeit in Christophs Nähe, war ich in den letzten Wochen nie entspannt gewesen. Immer nur gestresst und den Kopf voller Pläne, wie ich mir meinen Mr. Grey schnappen sollte.

Wer war ich überhaupt? Die Frau mit den unglücklichen Beziehungen, die sich in einem Liebesroman verlor, wollte ich nicht mehr sein. Oder zumindest mich nicht mehr darauf fixieren. Denn so ein Roman war hin und wieder Entspannung in Buchseitenform. Ein bisschen Träumen ist ja wohl erlaubt.

Dadurch war ich der Idee hinterher gerannt, eine Mrs. Grey zu werden. Hatte so viel ausprobiert und erfahren, doch schien dies auch nicht das Richtige. Solo machte das einfach keinen Spaß.

Wenn ich weder mein altes Ich war, noch das Ich aus meinen Träumen, noch eine halbwegs vernünftige Mrs. Grey – wer war ich dann?

Mit achtundzwanzig Jahren raste ich auf eine mittelschwere Identitätskrise zu, und die Sorge davor ließ mich gar nicht mehr zur Ruhe kommen.

Und es kam noch schlimmer: Der letzte Kurs verlief genauso kühl.

„Wie geht's?", fragte Christoph, ohne wirklich Interesse zu bekunden.

„Gut", erklang die gleiche Lüge, obwohl ich ihn boxen wollte, weil er mich ignorierte.

Tja, das ist es also gewesen, dachte ich betrübt, während Christoph mir ein paar letzte Kniffe zeigte. Ich hörte nur halb zu, dank ihm war ich mittlerweile so versiert im Thema, dass ich mir dies erlauben konnte. Wie hypnotisiert starrte ich die Poster und Filmausschnitte an, die in mühevoller Kleinarbeit an die Wände geklebt worden waren. So, als hoffte ich, eine geheime Botschaft daraus zu entschlüsseln.

Bei seinem standardmäßigen „Sitz gerade, Tanja", reagierte ich dennoch aus Reflex.

War es nicht vermessen, ihn nach seinen Qualitäten beim Sex zu beurteilen, ohne je mit ihm geschlafen zu haben?

Wenn ich so an Heinz und Greta zurückdachte, könnte Christoph mich auch überraschen. Ich hätte den beiden niemals zugetraut, dass sie dermaßen offen mit Sex umgingen, wäre ich ihnen bloß im Supermarkt über den Weg gelaufen.

„Falls du Probleme hast, kannst du jederzeit in den Laden kommen", beendete Christoph unsere letzte Stunde. „Du weißt ja, wo wir sind."

„Okay", presste ich mit einem Stimmchen hervor, das sogar nicht nach mir klang. Trotz der Fassade war die selbstbewusste Frau in mir zusammengeschrumpft. Ich wollte mich noch nicht von ihm trennen. Ich wollte alles über ihn erfahren. Der Gedanke erschreckte und überraschte mich gleichermaßen, besonders, da ich nicht wusste, ob ich ihn äußern sollte.

Wie hatte er es nur geschafft, dass ich mich in seiner Gegenwart stets losgelöst fühlte? Frei von Zweifeln und Sorgen, immer ein Lächeln auf den Lippen.

Christoph machte sich daran, den Rechner herunterzufahren. „Danke, für deine Teilnahme."

Da steckte Harald den Kopf in den Kursraum, wie um kurz nach uns zu sehen. „Was ist denn heute mit euch los?", fragte er verwundert.

Bevor ich antworten konnte, hielt er mir eine

Tasse mit meinem Lieblingstee vor die Nase, während er Christoph eine Wasserflasche zuwarf. „Ihr führt euch auf, als wärt ihr in der Kiste gelandet und wüsstet nicht, wie ihr darüber reden sollt."

Vor Schreck verschluckte ich mich und verbrannte mir die Zunge am heißen Tee.

„Alter, halt die Klappe", erwiderte Christoph scharf, was mich ungläubig staunen ließ.

„Du hast dich das letzte Mal so seltsam benommen, als du mit fünfzehn in ein Mädchen aus deiner Klasse verschossen warst, Christoph", kam der väterliche Kommentar zurück. „Habt euch nicht so, was ist schon dabei?"

Christoph rollte mit den Augen und knetete die Flasche wie einen Stressball. „Muss das sein?"

„Anscheinend." Harald lächelte warm. „Reißt euch zusammen, Kinder, und habt euch wieder lieb."

Jetzt klang es eher, als wären wir zerstrittene Vierjährige, aber ich hielt besser den Mund. Immerhin war es nicht mein Vater, der gerade auf Verkuppler machte.

Bevor Harald den Raum verließ, zwinkerte er uns noch einmal verschwörerisch zu. „Da es dieses Wochenende bestimmt ein wenig kurzfristig ist, soll ich dich von meiner Frau fürs darauffolgende zum Essen einladen. Sie freut sich schon, dich kennenzulernen. Und sie freut sich auf den Kirschkuchen, wenn du so lieb wärst."

„Wie kommt sie darauf?", warf Christoph ein.

„Ganz einfach“, schoss Harald zurück. „Heute ist Tanjas letzte Einzelstunde bei dir, du kannst dich nicht mehr damit herausreden, dass sie deine Kundin ist.“ Fröhlich pfeifend entfernte er sich über den Flur.

Zumindest besaß einer heute gute Laune.

Christoph wandte sich jedoch von mir ab und knetete die Wasserflasche, bis sie knackte. So angespannt und aufgewühlt zeichneten sich seine Schultern noch mehr unter dem T-Shirt ab. Ich ertappte mich dabei, wie ich schon wieder auf seinen Hintern starrte.

Mein Nachtisch war in Reichweite und ich fühlte mich plötzlich wie ausgehungert.

„Hast du irgendwas zuhause erzählt?“, fragte ich dennoch und nippte an meinem Tee, der nicht so stark wie sonst war. Ich brauchte den Halt, den die Tasse mir schenkte, weil ich ahnte, dass dieses Gespräch keinesfalls gut enden würde.

„Nein.“ Er zögerte. „Bis auf den Kuchen.“

„Wie kommt er auf die Idee …?“, ich sprach es lieber nicht aus. „Also bis auf den Kuchen.“

„Keine Ahnung. Sorry, der war echt lecker.“

„Danke“, erwiderte ich aus Reflex. „Sag, hast du vielleicht noch einen Moment Zeit?“

Ich folgte einer Eingebung, als könnte ich dadurch nach einem letzten Strohhalm greifen.

„Klar.“ Trotzdem schob er die Stühle zurecht und schloss das Fenster, das immer offen stand, wenn er im Laden zugegen war. Er wollte zusperren, nur ich hielt ihn davon ab.

Schnell trank ich mir einen Schluck Mut an und verbrannte mich wieder am Tee.

„Der Blog läuft erstaunlicherweise richtig klasse“, sagte ich kopfschüttelnd. „Doch wem sage ich das, du kennst ja die Zugriffszahlen.“

„Aber?“, hakte er nach.

„Ich habe erhebliche Probleme mit meiner Zielgruppe, ich denke, ich brauche deine Hilfe, um meine Reichweite zu erhöhen und ich …“

Mir blieben die Worte im Halse stecken. Christoph lehnte an der anderen Seite des Raumes gegen einen Tisch, die Arme verschränkt, und gab sich alle Mühe, nicht in meine Richtung zu sehen.

„Es sind nur Frauen!“, versuchte ich einen weiteren Versuch.

Er schenkte mir lediglich einen verwunderten Blick.

„Meine Follower, die Leute, die kommentieren, sind alles Frauen“, jammerte ich. „Sie finden es toll, was ich mache, versuchen ebenfalls einen Mr. Grey zu finden oder schreiben mir, ich wäre ihre Inspiration.“ Letzteres schmeichelte mir, gleichzeitig bereitete es mir ein schlechtes Gewissen.

„Das klingt doch gut?“, meinte Christoph vorsichtig, so als wüsste er, dass dies ein heikles Thema war.

„Ja, schon.“ Ich seufzte. „Es hat sich kein Mann gemeldet. Okay, einer, aber der hat im zweiten Satz gestanden, dass er schwul ist und auch einen Mr. Grey sucht. Wieso melden sich tausende Anas, nur kein Christian?“

„Wenn du eine Kontaktanzeige schaltest, melden sich oft Idioten.“ Christoph zuckte unbeeindruckt mit den Schultern.

„Toll. Und was soll ich jetzt machen? Meine Zeit läuft ab, ich habe mir geschworen, innerhalb von fünfzig Tagen meinen Traummann zu finden. Wenn der sich bisher nicht auftreiben ließ, wieso sollte es in der nächsten Woche anders sein?“

Verlegen kratzte Christoph sich den Nacken und konzentrierte sich auf die bunten Flecken der Tapete. „Wenn du nach einer Sache krampfhaft suchst, wirst du sie nie finden“, erwiderte er ernst. „Du kannst das nicht an Tagen festlegen, nur weil dir das so passt.“

„An was denn sonst?“ Zwar redeten wir miteinander, trotzdem lag eine Anspannung in der Luft. Wie ein Tanz auf Messers Schneide, wenn ich nicht aufpasste, würde ich Christoph komplett verlieren.

„Es taucht von selbst auf. Dann, wenn du es am wenigsten erwartest, spaziert es einfach in dein Leben.“

War das der Hinweis, dass ich wieder aus seinem Leben heraus spazieren sollte? Müde, gereizt und weiterhin verletzt von seiner Zurückhaltung hatte ich keine Energie mehr übrig.

Es wäre schade um den Tee, dennoch raffte ich meinen Mantel und meine Handtasche zusammen.

Dieser jämmerliche Versuch brachte doch nichts, Christoph hatte mit mir abgeschlossen. Wir hatten unsere Chance gehabt und ich hatte es versaut. Ich konnte ihm schlecht vorwerfen, dass er ein netter und charmanter Mann war, und ich eine irgendwie durchgedrehte Singlefrau mit seltsamen Fixierungen.

„Man sieht sich“, verabschiedete ich mich mit einem Kloß im Hals. Ich bezweifelte, dass er mich aufhalten würde. In einem Film würde der Mann nach meinem Arm greifen oder dramatisch „Warte!“ rufen. Mr. Grey hätte in mein Handy längst einen Tracking-Chip eingebaut und überwachte eh jeden meiner Schritte. Um mir zu gestehen, dass er nicht gut genug für mich wäre.

Ich warf noch einen Blick über die Schulter: Christoph schien mich nicht weiter zu beachten, knetete lediglich die Wasserflasche in seinen Händen.

„Idiot!“, maulte ich ihn an und fuhr herum. „Warum hast du einfach aufgehört!“

„Wieso bin ich jetzt der Böse?“, fragte Christoph erstaunt.

Statt einer Antwort stiegen in mir die Tränen hoch. Ich wischte sie mit dem Handrücken fort, doch flossen die ersten schon über die Wangen.

„Bitte, Tanja“, seufzte er. „Ich habe dich wochenlang nach einem Date gefragt, was du immer wieder abgelehnt hast. Dann küsst du mich aus heiterem Himmel und machst mir deswegen Vorwürfe?“

Der ganze Stress der letzten Tage musste meinen Körper verflüssigt haben, die Tränen wollten nicht versiegen.

„Ich wollte nicht mit dir schlafen, weil du mich auf einmal überfällst“, fuhr Christoph fort. „Das ist nicht richtig.“

„Wieso nur treffe ich auf den einzigen Kerl weit und breit, der total altmodisch ist und nicht über eine Frau herfallen will? Und fange auch noch an, ihn zu mögen!“, fluchte ich schniefend. „Nichts funktioniert, wie ich das will.“

Endlich kam Christoph auf mich zu. Sanft streifte er mir die Handtasche ab und zog mich in eine Umarmung. Mit einem lauten Schluchzer vergrub ich mich in sein Shirt und schlang die Arme um seine Mitte, während er mir beruhigend den Rücken streichelte. Eigentlich hatte ich das gar nicht verdient. Immerhin war ich es, die durch die Loopings der emotionalen Achterbahn raste.

So viel zu meiner Taktik, besonders attraktiv auszusehen. Mein Make-up musste komplett verwischt sein oder klebte vermutlich an Christophs Kleidung.

„Man sollte euch Frauen dieses Buch verbieten, ihr kommt mit normalen Reaktionen nicht mehr klar.“

„Gar nicht wahr“, schmollte ich.

„Sagt diejenige, die sich gerade die Augen ausweint, weil sie keinen Mann findet, der einer fiktiven Buchfigur entspricht. Und sich darüber aufregt, weil ein Mann sie anständig behandelt."

Christoph schob mich in Richtung eines Bürostuhls, doch ich weigerte mich loszulassen. Er strahlte eine Wärme aus, die mich entspannte. Wie von selbst wanderten meine Finger über seinen Rücken, hinauf bis zu den wohl trainierten Schultermuskeln, die sich unter seinen T-Shirts versteckten.

Bücher waren toll, aber mit denen konnte man schlecht kuscheln. Peitschen und Lederkostüme waren auch nur bedingt gemütlich, dadurch fühlte ich mich nie geborgen.

Letztendlich setzte Christoph sich auf einen Stuhl und zog mich auf seinen Schoß.

„Ich will keinen Klon der Romanfigur", widersprach ich, die Tränen waren plötzlich versiegt. „Nur jemanden, der mich liebt. Der mich als etwas ganz Besonderes ansieht und alles für mich machen würde, damit wir zusammen sein können."

„Das klingt mehr nach Romeo und Julia, als *50 Shades*", warf Christoph ein.

„Nicht zu vergessen, den genialen Sex mit so vielen Orgasmen, die über mich hinwegrauschen, sodass ich sie gar nicht mehr zählen kann."

Jetzt lachte Christoph lauthals und ich sehnte mich nach mehr Berührungen. Langsam verlagerte ich mein Gewicht, damit mein Kopf an Christophs Halsbeuge lag. Sein Puls pochte aufgeregt an meiner Schläfe. Am liebsten hätte ich die Stelle mit einem Kuss versehen.

„Und er muss nicht reich und egozentrisch sein?“, hakte Christoph nach.

„Ich werde keinen Mann wegen des Geldes aus meinem Bett schubsen, wenn das restliche Paket stimmt.“

„Soso.“ Seine Hand spielte mit meinen Locken, während ich mich am liebsten nie wieder bewegen wollte. „Ist denn trauriges Pianospiel Pflicht?“

Verwundert hielt ich inne. Sagte er dies nur um mich zu ärgern oder konnte es sein, dass …? Ich beugte mich ein Stück zurück, um Christoph in die Augen zu sehen.

„Du hast es gelesen?“

„Ja. Also den ersten Band.“ Ein Seufzer folgte diesem Geständnis, als wäre die Erfahrung keine schöne gewesen.

„Wie ging es aus?“, stellte ich ihn auf die Probe.

Er verriet mir das richtige Ende, aber das hätte er sich auch erzählen lassen können. Also fragte ich ihn lieber nach einem speziellen Detail des ersten Buchs. „Was ist Christians Geschenk zu Anas Uniabschluss?“

„Ein roter Audi A3.“

Ein breites Lächeln schlich sich auf meine Lippen. Um mich zu beeindrucken, hatte er tatsächlich *Shades of Grey* gelesen. Wie viele Männer würden dies schon für ihre Freundin machen?

„Wieso?“

Da zeigte er sein typisches schiefes Grinsen.

„Ich wollte halt wissen, was dich daran so sehr fesselt."

Bisher hatte keiner meiner Partner sich die Mühe gemacht, für mich ein Buch zu lesen. Eigentlich hatten sie sich von Liebesromanen entweder bedroht gefühlt oder sie als Schund abgetan.

Nur Christoph nicht. Er hatte ein sechshundert Seiten starkes Buch für mich beendet. Dabei hatte ich seine Einladungen immer abgeschmettert.

Vor Freude hätte ich ihn fast geküsst und gestanden, wie wichtig er mir geworden war. Jedoch nur fast, noch wollte ich das kleine Wunder ein bisschen auskosten.

„Und?", verlangte ich ohne groß Drumherum zu reden.

„Erotische Literatur für Männer hat eindeutig weniger Wörter und mehr Bilder."

„Das meinte ich nicht."

Natürlich war ihm das bewusst. „Joa, ging. Als Mann kann ich die Sichtweise dieser Ana nicht so ganz nachvollziehen. Der Kerl hatte Glück. Ohne Erfahrung mit Männern hat er die Kleine dauergeil gemacht."

Aus Reflex boxte ich ihn gegen die Schulter. Das war so unromantisch ausgesprochen, wie es nur irgendwie ging.

Er fing den Schlag ohne mit der Wimper zu zucken ab und ich merkte, dass ich weiterhin auf seinem Schoß saß. Hätte ich nicht längst aufspringen müssen?

„Verrate mir mal, wie die beiden sich verliebt haben?", fragte Christoph mich. „Multiple Orgasmen sind keine Antwort."

Ich rümpfte die Nase und überlegte.

„Lass dir von einem Mann eins sagen." Christoph umfasste mit der einen Hand meine Wange, sodass ich ihm in die Augen schauen musste. „Deinen Mr. Grey gibt's nur in deiner Phantasie. Du wirst davon keine Kopie finden."

„Das habe ich mittlerweile auch verstanden."

Jetzt zog Christoph überrascht die Augenbrauen hoch, vermutlich hatte er nicht mit dieser Erwiderung gerechnet. Doch so viel Realitätssinn hatte ich mir bewahrt. Außerdem sprachen die letzten Tage für sich. Und mein weinerlicher Ausbruch erst recht.

„Allerdings hätte ich da noch eine Idee, wie du ihn findest."

„Was hast du gesagt?"

Er grinste wieder schelmisch und meinte: „Zunächst setzt du dich gerade hin."

„Ja ja." Ich gehorchte dennoch. Zu meiner Überraschung ließ Christoph seine Hand trotzdem auf meiner Hüfte liegen. Einer seiner Arme hielt mich fest, während der andere wie zur Ablenkung auf meinem Oberschenkel lag.

„Dein Rücken wird mir in zehn Jahren danken."

Ich machte eine auffordernde Handbewegung, damit er mit der Sprache rausrückte.

„Du gehst mit mir aus."

Zuerst lachte ich und wollte schon verneinen, doch Christoph wurde nur noch ernster. Streng sah er mich an. „Keine Widerrede."

„Aber …"

„Nein, es ist beschlossen. Du gehst mit mir morgen aus."

„Das willst du einfach so bestimmen?"

„Ja."

„Warum sollte ich dir das durchgehen lassen?"

„Weil du tust, was ich dir sage, sonst werde ich einen Weg finden", er zögerte einen Augenblick, als glaubte er nicht, was er da aussprach, „dich zu bestrafen, Tanja."

Endlich fiel der Groschen, er spielte für mich den Mr. Grey.

Gleichzeitig verfielen wir in ein heiteres Lachen. Ich legte die Arme auf seine Schulter und verschränkte die Arme in seinem Nacken. „Vielleicht mag ich es, von dir bestraft zu werden", schnurrte ich und fühlte mich fast schon wie Anastasia.

Christoph riss erst verwundert die Augen auf, dann leckte er sich über die Lippen. Unsere Körper trennte nur ein Hauch Stoff und ein wenig Luft, dennoch beherrschte er sich.

„Ich hole dich ab. Morgen um 17:54 Uhr."

„Findest du die Zahl nicht ein bisschen krumm? Hätte ich nicht dein Auto gesehen, würde ich glauben, du fährst mit dem Bus", scherzte ich. Doch Christoph sah mich dermaßen überzeugt an, dass ich keinen weiteren Witz riskierte. Er schauspielerte das verdammt gut.

„Okay, morgen um 17:54 Uhr."

„Sei pünktlich, denn ich werde dich genau um diese Uhrzeit abholen."

„Und wohin geht es?"

„Das wirst du früh genug erfahren."

„Sollte ich vorher etwas essen?"

Er überlegte. „Nein. Die Stunden davor darfst du nichts essen."

Jetzt machte er mich erst recht neugierig.

„Ich muss dich jetzt leider bitten zu gehen", meinte er gestelzt und wies Richtung Tür. „Mein nächster Termin wartet auf mich." Damit meinte er die LAN-Party im Internet-Café. Das war ein weibliches Minenfeld. Mal abgesehen von den Chipstüten, leeren PET-Flaschen und sonstigem Kram, über den ich mit meinen Pumps nicht schreiten wollte, waren Nicht-Gamer-Kommentare tödlich. Zu jeder anderen Zeit würden die Jungs mir alles gerne erklären, nur nicht während einer LAN.

Instinktiv wollte ich mich näher zu ihm heranziehen, doch Christoph stellte mich wieder auf meine Füße. Dafür strich er mit dem Daumen über meine Wange, als wischte er die Tränen fort. So liebevoll, dass ich mich fast zufriedengegeben hätte. Bis er sich zu mir herunterbeugte und mir einen flüchtigen Abschiedskuss auf die Lippen hauchte.

Kurz, aber ein guter Anfang. Jedenfalls versprach es mehr.

Dieses Mal begleitete er mich nicht zu meinem Auto, sodass ich seine Anwesenheit vermisste. Ich hatte mich daran gewöhnt, eskortiert zu werden. Der Weg war nicht lang und dies war auch keine gefährliche Gegend, doch auf einmal fehlte mir die Aufmerksamkeit.

Tag 47

Punkt 17:54 Uhr klingelte es am Freitag an meiner Wohnungstür.

Da ich vor Aufregung seit fünf Minuten zwischen dem Fenster Richtung Straße und meiner Tür tigerte, brauchte ich nur Sekunden, um den Knopf zu drücken, der unten öffnete. Doch verpasste mir ein plötzliches Klopfen einen kleinen Herzinfarkt.

„Ich bin schon oben", hörte ich Christophs Stimme, was mein Herz nur noch schneller schlagen ließ. Er meinte es wirklich ernst.

Ich wiederum mahnte mich zur Ruhe, als ich die Tür schwungvoll aufriss. Christoph trug seine übliche Jeans mit T-Shirt, darüber ein teures, schwarzes Jackett. Nicht zu elegant, eher sportlich und ich musste es wissen, schließlich verkaufte ich solche Modelle bei uns in der Boutique.

Mit einem Schmunzeln sah ich, dass seine Chucks blitzblank waren, nicht nur ich hatte mich herausgeputzt.

Sogleich bat ich ihn herein und zog ihn in eine flüchtige Umarmung. Ich freute mich über alle Maßen auf dieses Date, aber ich wollte nichts überstürzen. Wie sehr mich auch der Drang zu naschen quälte.

Und der kurze Begrüßungskuss auf die Wange fachte meine Sehnsucht nur weiter an.

„Du siehst toll ...“, begann Christoph, legte jedoch eine Hand vor den Mund. Sein Grinsen konnte diese nicht verstecken.

„Was denn?“, ich runzelte die Stirn. „Was ist so lustig?“

Ich hatte mir mit meinem Outfit viel Mühe gegeben und auch Maren während der Arbeit genervt, um ja das richtige zu finden. Letzten Endes hatte ich mich für ein schwarzes Kleid mit Tunnelzug entschieden. Mit zwei offenen Knöpfen betonte es meine Brüste und ich sah schick genug für einen Restaurantbesuch aus. Gleichzeitig auch lässig genug, falls Christoph eine andere Idee im Sinn hatte. Schwarze Sandaletten mit Keilabsatz und Polkadots sowie eine passende rote Kette rundeten mein Outfit ab.

„Du siehst umwerfend aus“, gestand Christoph, immer noch sein Grinsen verbergend.

„Aber?“

„Ich habe dir ein Date mit Christian Grey versprochen. Ich halte meine Versprechen und mime deinen Christian, solange du willst.“

„Also eine Art Spiel?“, vermutete ich, worauf Christoph nickte. Sogar meine beste Freundin war davon überzeugt, dass Rollenspiele Spaß brachten, und so willigte ich ein.

Christoph zog eine Tasche von seiner Schulter,

die mir bisher nicht aufgefallen war.

„Hier“, meinte er, während er sie mir reichte. „Pack ein paar Sportsachen ein.“

„Was hast du vor?“, fragte ich dennoch.

„Das wirst du schon sehen.“ Mit einer Handbewegung deutete er auf mein Schlafzimmer und ich kam der Aufforderung nach.

Die Schuhe waren schnell aus dem Schrank geholt, doch bevor ich ein T-Shirt einpacken konnte, unterbrach mich Christoph erneut. Nicht ich suchte aus, sondern er.

Erstaunlicherweise schien er genau behalten zu haben, was ich zu den Kursterminen getragen hatte. Und so pickte er eine schwarze Leggins heraus, ein eng anliegendes Top und für die Frostbeule in mir eine Shirtjacke.

Als er jedoch einen Moment nicht hinsah, stopfte ich meine Hand in einen Karton und versteckte eine kleine Überraschung zwischen meinen Sportsachen.

„Was wird das für ein Date?“ Zur Ablenkung rollte ich genervt mit den Augen. „Ein Dinner wohl kaum, oder?“ Ich kannte kein Restaurant, dass Sportbekleidung als Abendgarderobe vorschrieb.

„Nicht mit den Augen rollen.“ Christoph konzentrierte sich auf seine Rolle, dennoch konnte er das Zucken seiner Mundwinkel schlecht verbergen. Er musste sich wirklich Mühe geben, nicht schief zu grinsen. Dafür erinnerte er mich mit diesem leichten Vorwurf in der Stimme, genauso wie Mr. Grey.

Das entspricht so gar nicht seinem bisherigen Verhalten, seufzte ich in Gedanken.

Er schien meine Stimmungsschwankung bemerkt zu haben. „Das wolltest du doch? An deiner Stelle hätte ich einen Kerl schon längst rausgeworfen, wenn er das Arschloch raushängen lässt."

„Es ist ein Spiel", lächelte ich, woraufhin er nickte.

Zumindest nahm er mir die fertig gepackte Sporttasche ab, als ich hinter uns die Wohnung abschloss und wir zum Fahrstuhl gingen. Vielleicht war er sportlich genug vier Etagen hochzujoggen, in meinen Schuhen wollte ich nicht mal eine Treppe hinuntersteigen. Außerdem gefiel mir der Gedanke, mit meinem Mr. Grey eine Fahrstuhlfahrt hinzulegen. Es waren keine übermäßig vielen Stockwerke, für einen Quickie würde es nie reichen, aber für einen nervenaufregenden Kuss schon, malte ich mir aus. Er würde mich gegen die Metallverkleidung pressen und mir mit seinen forschen Lippen den Atem rauben. Bis wir auseinander fahren würden, wenn wir das Erdgeschoss erreichten. Kaum aus dem Fahrstuhl wäre er wieder gefasst und ruhig. Und ich im gedanklichen Lala-Land.

Mit wild klopfendem Herzen stolperte ich fast in die enge Kabine und stellte mich dicht an die hintere Wand, während Christoph unbeeindruckt den Knopf für das Erdgeschoss drückte.

Jetzt, dachte ich.

Jetzt würde er über mich herfallen.

Nichts dergleichen geschah.

Sein Blick streifte kurz den meinen, dann sah er wieder geradeaus. Er stellte sich nicht einmal an meine Seite.

Hallo?, hätte ich beinahe gerufen. War an der Situation irgendetwas nicht zu verstehen? Ich wartete hier auf einen Kuss!

Er berührte mich nicht. Warum? Er könnte meine Hand greifen, mich in eine Umarmung ziehen oder mir einfach nur das Gefühl geben, dass ich heute das Wichtigste war.

Frustriert beschloss ich den ersten Schritt zu wagen und langte nach ihm. Dies hier war ein Date, Händchenhalten gehörte doch wohl dazu. Aber Christoph wich meinem Versuch aus und rückte aus meiner Reichweite, so als sollte ich ihn nicht anfassen.

Scheiße, er hatte dieses Buch für mich wirklich verinnerlicht. Bis hin zur kleinsten Macke der Figur.

Teilweise schmollend, teilweise beeindruckt folgte ich Christoph zu seinem 911er, den er auf der Rückseite des Wohnblocks geparkt hatte. Ohne groß ein Wort zu verlieren, verstaute er die Sporttasche im Kofferraum und hielt mir die Beifahrertür auf. Ich unterdrückte mein Lächeln, da ich gleich in seinem Porsche fahren würde.

Schließlich waren Sportwagen waren eine meiner geheimen Leidenschaften. Ich war ein Tempojunkie und fühlte tiefen Respekt für Fahrer, die mit ihren Autos nur so durch den Verkehr glitten.

Im ersten Augenblick war es ungewohnt, so tief zu sitzen und ich zuckte zusammen, als sich Christoph zu mir beugte, um den Vier-Punkte-Gurt für mich zu schließen.

„Fährst du mit Schätzchen auch Rennstrecken oder wozu brauchst du die Gurte?"

„Möchtest du demnächst ein Rennen hinlegen?", fragte er zurück.

Mein freudiges Lächeln schien ihm wohl Antwort genug.

„Verrätst du mir jetzt, wo es hingeht?"

Er schenkte mir nur einen Seitenblick und ich setzte mich aufrecht hin. Der kleine Rückenfanatiker in ihm ließ sich nicht unterdrücken.

„Es macht viel mehr Spaß, mit dir zu streiten", warf ich ein.

„Das mag sein, aber heute steht dein Wunsch an erster Stelle."

Kaum konzentrierte sich Christoph auf den abebbenden Feierabendverkehr, ließ ich unser Gespräch Revue passieren. Power unter der Haube hin oder her, die Straßenverkehrsordnung kam zuerst.

Natürlich hatte ich mir einen Mr. Grey gewünscht, doch hierbei lag die Betonung eindeutig auf der Vergangenheit. Es war unglaublich süß, dass er dieses Spiel durchhielt, und ließ ein wohliges Kribbeln in meinem Bauch aufsteigen.

Jedoch nicht die Rolle, die er einnahm.

Ich vermisste die lockere Art, mit der wir stets scherzten. Er war zwar als mein Kursleiter in mein Leben getreten, dennoch hatten wir schnell die berufliche Beziehung abgelegt und so etwas wie eine Freundschaft aufgebaut.

„Mit der Zeit wird dies wirklich langweilig", gestand ich, während ich die vorbeirauschenden Straßen beobachtete.

Christoph erwiderte nichts darauf.

Unsere Fahrt führte uns einmal quer durch die Stadt, bis in ein Industriegebiet. Ich fragte ihn schon gar nicht mehr, wohin es ging, sondern rätselte im Stillen weiter. Wofür sollte ich Sportsachen mitnehmen? Ein Tanzkurs? Gab es zurzeit ein Holi-Festival in der Stadt?

Letzten Endes parkten wir auf dem Parkplatz einer großen Fabrikhalle, in die bestimmt ein Bowling Center passen würde. Oder eine riesige Kletteranlage. Das Rätsel, warum ich nichts essen sollte, erklärte dies jedenfalls nicht.

Trotzdem war ich erstaunt, was Christoph sich ausgedacht hatte. Ich hatte mit einem Essen gerechnet, vielleicht mit einem Kinobesuch, er entführte mich jedoch an einen komplett fremden Ort.

Kaum aus dem Auto ausgestiegen, entdeckte ich das Schild über dem Vordereingang: *Jump*

House. Weiter half es mir nicht.

Die Spannung stieg.

„Warte kurz“, meinte Christoph zu mir, als wir den Eingangsbereich betraten. Bis auf einen Tresen und einige Schilder, die den Weg Richtung WCs, Garderoben und eines Restaurants zeigten, konnte ich nicht viel erkennen. Die Wände waren in kräftigen Blau- und Rottönen gehalten.

Christoph schritt auf den Mitarbeiter hinter dem Tresen zu, der bei seinem Erscheinen breit grinste. Sie tauschten ein paar Höflichkeiten aus, die ich gerne verstanden hätte. Doch ich war absichtlich außer Hörweite abgestellt worden, damit ich ja nichts erfuhr.

Von innen drangen wilde Kinderrufe zu uns heran. Was auch immer man hier machen konnte, schien denen zumindest sehr viel Spaß zu machen. Was hat Christoph nur vor?, fragte ich mich erneut. Nun war ich dem Ziel schon so nahe und ich blieb weiterhin ratlos.

Also schlich ich ein Stück näher an den Tresen heran.

„Eine Stunde im freien Bereich und eine Stunde im gebuchten Raum“, meinte Christoph geheimnisvoll.

„Klar, Mann.“ Der Angestellte hielt einen Daumen hoch. „Alles wie vereinbart.“

„Danke, dass ihr das so schnell einrichten konntet.“

„Für dich immer.“ Der Kerl schielte an Christoph vorbei und nahm mich in den Blick. „Hallo, schöne Frau. Wir haben uns für eure spontane Sache ganz schön ins Zeug gelegt."

Ich lächelte geschmeichelt.

Mit einer Geste, die ich nicht erkennen konnte, brachte Christoph den Mitarbeiter zum Schweigen. Dieser reichte ihm noch etwas und dann wandte er sich wieder mir zu.

Christoph gab mir die kleine Tasche mit meinen Sportsachen sowie einen Schlüssel, vermutlich für einen Spint. Wortlos und leicht verwirrt nahm ich die Sachen entgegen.

„Zieh dich um", meinte er ruhig, „ich warte auf dich hinter den Garderoben."

Ich nickte. Er würde eh nichts verraten.

„Und die hier wirst du tragen. Keine Schuhe." Er holte knallrote Sportsocken mit dem Logo des Jump Houses hervor sowie ein farbcodiertes Armband. „Bis gleich."

Bevor ich widersprechen konnte, versiegelte er meine Lippen mit einem flüchtigen Kuss, drehte sich um und verschwand.

Fassungslos starrte ich ihm hinterher.

Es war zum Ausrasten, als ob ein Kuss meine Meinung ändern würde. Nachfragen konnte ich nun nicht mehr, und wenn ich wissen wollte, was Christoph vorhatte, musste ich mich beugen.

WAHHHH! Fast hätte ich geschrien, doch mein Gesichtsausdruck reichte wohl schon.

„Sie dürfen nur in diesen Socken die Anlage betreten“, warf der Mitarbeiter vom Tresen aus ein, „so lautet die Hausregel.“ Er zwinkerte mir verschwörerisch zu. „Keine Panik, ich lege meine Hand ins Feuer, dass Christoph ganz woanders hinschauen wird, als auf Ihre Füße.“

Der Spruch genügte, damit ich mich auf der Stelle abwandte und Richtung Umkleiden aufbrach. Ein wenig wehleidig schlüpfte ich aus meinem Outfit und in meine Sportsachen hinein. Wofür hatte ich mir so viel Mühe gegeben und sogar Maren genervt, bis ich wirklich zufrieden war? Männer wussten eindeutig nicht, wie viel Aufwand es bedeutete, lange Haare in die richtige Form zu bekommen. Für das Date hatte ich meine Locken extra mit dem Glätteisen bearbeitet, sodass meine Hochsteckfrisur Christoph umhauen würde. Sport bedeutete allerdings Bewegung, also blieb mir nichts anderes übrig, als die Haarnadeln herauszuzupfen und mir einen lockeren Zopf zu binden.

Das war fast so frustrierend wie das Herumsitzen vor dem Video meines Online-Meisters. Zum Glück hatte Christoph nicht dessen Ton drauf.

Da er bestimmt davon ausging, dass ich länger brauchte als er, schickte ich noch eine Nachricht an Maren raus: *Wir sind in einem sogenannten Jump House.*

Kurz darauf vibrierte mein Smartphone und präsentierte mir ihre Antwort: *Das ist ja mal eine coole Idee. Ich mag ihn jetzt schon.*

Auf meine Frage, was dieser Ort genau sei, schwieg Maren jedoch. Ich schrieb ihr eine weitere Nachricht, die sie auch las, antworten wollte sie trotzdem nicht.

Mit einem Seufzer schloss ich meine Wertsachen ein, legte das Armband um und zog die Socken über. Den Schlüssel hakte ich im Verschluss meines BHs ein, dort würde niemand danach suchen.

Selbst wenn es mich wurmte, musste ich mir meine Niederlage eingestehen. Mein halber Christian Grey hatte seinen Willen bekommen. Im Buch hatte es immer viel amüsanter geklungen, wenn Ana sich gegen Christians Avancen wehrte oder sich seinen Forderungen beugte. In der Realität schätzte ich mein Mitspracherecht nun umso mehr.

Dennoch wollte ich Christophs Überraschung mir nicht verderben lassen. Irgendwie würde ich es schon hinbekommen, dass er das Schauspiel fallen ließ. Ich wollte dieses Date mit ihm. Und nicht mit der Kopie einer Romanfigur.

Tatsächlich wartete er bereits auf mich und führte mich durch einen Gang in einen von mehreren abgetrennten Bereichen, in denen allesamt Trampoline aufgebaut waren. In der ersten Halle, die wir passierten, war eine Vielzahl kleinerer aneinandergereiht. Darauf folgten große Trampoline für bestimmt fünfzehn oder zwanzig Mann gleichzeitig. Dort probierten Teenager beeindruckend wilde Kunststücke aus, während eine Gruppe Kinder über die Trampoline jagend eine Partie Brennball spielte. Ein bisschen erinnerte mich das an Poolbillard, nur dass sie nicht die Bälle gegen die Banden schleuderten, sondern sich selbst.

Statt im belebteren Bereich zu bleiben, endete unsere Führung bei einem einzelnen Trampolin. Ein Mitarbeiter, der Christoph ebenfalls grüßte, gab uns einen Grundkurs, wie wir richtig sprangen und schon wurden wir auf das Terrain losgelassen.

Jetzt war mir zumindest klar, warum ich nichts essen sollte. Umsichtig von ihm, auf meinen Magen zu achten.

Genauso wie ich mir ziemlich sicher war, noch nie auf ein vergleichbares Date eingeladen worden zu sein.

Es dauerte nicht lange, bis ich Gefühl für die Bewegung erlangte, doch Christoph gesellte sich nicht zu mir. Vom Rand des Trampolins beobachtete er mich mit einem glühenden Blick, der mir vor Aufregung die Luft raubte.

„Schöner Anblick“, kommentierte Christoph grinsend und endlich erhielt seine Grey-Fassade ein paar Risse.

Wie um ihn zu ärgern, machte ich eine Kehrtwende und zeigte ihm meinen Po, hoffentlich gefiel ihm auch diese Seite. Beim Springen flatterte mein Zopf und meine Brüste wippten, natürlich schaute dabei ein Mann hin. Da Christoph mir ein hautenges Top aus dem Kleiderschrank gefischt hatte, bekam er sogar eine ganz besondere Show. Irgendwie dreist, aber böse konnte ich deswegen nicht sein.

Als er mir jedoch die Hand entgegen streckte, hielt ich inne und ließ mich von ihm weiterführen. Fort von den Teenagern, die mich jetzt ebenfalls anstarrten, in einen abgetrennten Raum mit einem höher gelegenen Becken. Dieses Mal durfte ich Christophs Hintern bewundern, während er auf einem großen Trampolin mehr und mehr an Höhe erlangte, bis er mit einem Salto vorwärts in das Becken flog.

„Angeber!“, stichelte ich, obwohl ich schwer beeindruckt war.

Wäre ich ihm nicht längst verfallen, hätte ich mich in sein strahlendes Lächeln verliebt. Total losgelöst und glücklich.

„Du darfst auch ohne Überschlag“, kam es mit einem Lachen aus dem Schaumstoffbad.

Der allseits gegenwärtige Mitarbeiter gab das Zeichen, ich nahm Anlauf, hüpfte, gewann nach den ersten Sprüngen an Kraft und katapultierte mich praktisch ins Auffangbecken. Es dauerte vielleicht nur eine Sekunde, aber dieser kleine Augenblick war wie Fliegen. Schwerelos.

Das war pure Energie.

Ich musste ein zweites, drittes, viertes Mal fliegen, bis ich fast direkt neben Christoph zwischen den Schaumstoffstücken landete. Jauchzend warf ich mich auf ihn, als wollte ich ihn hinunter drücken. Auf einmal benahmen wir uns wie Kinder. Doch ich konnte ihm einen Kuss stehlen, bevor wir den Bereich verlassen mussten, weil die Zeit für die nächste Gruppe angebrochen war.

Danach führte Christoph uns in einen abgesonderten Raum mit vielen kleinen Trampolinen, die wie ein Schachbrettfeld angeordnet waren. Kaum im Innern schloss er hinter uns ab.

Ich schenkte ihm einen fragenden Blick, worauf er nur mit den Schultern zuckte. „Ich habe ihr Computersystem aufgebaut, daher tut mir der Geschäftsführer diesen Gefallen. Normalerweise ist immer ein Mitarbeiter zugegen."

„Wie praktisch", kommentierte ich und zog mir das Top ohne Vorwarnung über den Kopf.

„Was machst du da?"

„Ich will deine Aufmerksamkeit." Hoffentlich brachte ihn der Anblick zur Vernunft. Oder lenkte ihn so weit ab, dass er dieses verflixte Rollenspiel vergaß.

„Die hast …"

„Nein", widersprach ich vehement. „Ich will nicht die Aufmerksamkeit von Mr. Grey, sondern deine. Ich wollte mit dir auf ein Date gehen."

Christoph hob abwehrend die Hände. „Okay. Aber du solltest wissen, dass dieser Ort videoüberwacht ist und …"

Mir schoss die Röte in die Wangen, dennoch rührte ich mich nicht.

„Komm her."

Unsicherheit flackerte in seinen Augen auf.

„Komm her oder ich gehe da raus.“ Ich zeigte auf die Tür. „Und zwar nackt.“ Wie zur Drohung hob ich die Hände hinter den Rücken.

Tatsächlich kehrte Christoph sofort an meine Seite zurück. Als ich dieses Mal die Finger nach ihm ausstreckte, wich er nicht aus. Ich zog ihn in eine lockere Umarmung, doch Christoph legte die Finger unter mein Kinn, sodass ich zu ihm aufschauen musste.

„Wusste gar nicht, dass du so klein bist ohne deine hohen Treter“, neckte er mich. „Ich muss ja richtig den Kopf senken, um dir in die Augen zu sehen.“

„Sei froh, hätte ich meine Heels an, wären deine Zehen nach dem Spruch gebrochen“, erwiderte ich bissig.

Sanft platzierte er seine freie Hand auf meinem nackten Rücken und sofort breitete sich an der Stelle ein warmes Kribbeln aus. Zwar waren wir die einzigen im Raum, aber selbst inmitten einer Menschenmasse hätte ich in diesem Moment alles um mich herum verdrängt. Da war nur noch Christoph, der mich berühren sollte, mich halten und immer so leidenschaftlich ansehen, als wäre ich das Wichtigste für ihn.

„Ich bin nicht der Typ, der Frauen haut und auspeitscht“, meinte er leise. „Ehrlich gesagt, verstehe ich nicht, was du daran findest …“

„Ich auch nicht so ganz“, gestand ich verlegen.

„Wenn ich es genau bedenke, ist Grey ziemlich feige. Er setzt im Buch all diese Regeln auf, wie eine Festung, damit niemand an ihn herankommt."

„Die mit der Festung bist wohl eher du."

Widersprechen konnte ich ihm dabei nicht.

„Immerhin musste ich dich zehn Mal fragen, bis du mit auf dieses Date gehen wolltest." Er hob mein Kinn noch ein Stückchen höher. „Zieh dir wieder was an, okay? Sonst kann ich mich vor all den Kindern nachher nicht beherrschen."

Lachend streifte ich mein Top über und Christoph half mir, es zurechtzuziehen. Eigentlich fiel der Stoff von allein in Form, aber ich schätzte die Geste. Er wollte mich genauso sehr berühren wie ich ihn.

„Was hast du jetzt vor?"

Christoph joggte in eine Ecke des Raums und kam mit mehreren Volleybällen zurück. „Spielen."

Mir persönlich fielen nur Spiele ein, bei denen man definitiv die Kameras abdecken musste.

Die meisten Bälle ließ er zu Boden gleiten, nur einen schmetterte er in meine Richtung.

„Autsch!", japste ich. Der Wurf hatte mich hart an der Schulter getroffen. „Du gibst mir auch gar keine Chance."

„Ich dachte, du stehst auf Schmerzen."

„Nicht auf solche."

Er täuschte einen weiteren Wurf an und ich zuckte zusammen. „Das bekommst du alles zurück", prophezeite ich und kletterte auf die Trampolinlandschaft, um außer Reichweite zu kommen. Zwei schnelle Sprünge später wähnte ich mich in Sicherheit.

Seit Ewigkeiten hatte ich nicht mehr solchen Spaß gehabt.

Ich jagte Christoph über die Trampoline, wie Figuren aus einem Videospiel hüpften wir über die Fläche. Kurz bevor ich ihn erwischte, wechselte er einfach die Sprungrichtung und ich langte ins Leere. Lachend und nach Luft schnappend schaffte ich es irgendwann, ihm den Weg abzuschneiden. Ich prallte gegen ihn und wir fielen gegen die gepolsterten Wände, von denen wir jedoch zurückfederten. Im Fallen drehte Christoph mich, sodass ich auf ihm landete. Das Trampolin unter uns wippte und wir schwangen im gleichen Rhythmus mit. Die Bewegung, wie unsere Köper sich aneinander rieben, fühlte sich unbeschreiblich an. Als passten wir genau zueinander, als würde der eine in den anderen übergehen.

„Was ist mit den Kameras?“, flüsterte ich und zeigte auf die Linse in einer Ecke des Raums.

„Sind für uns aus.“

Spöttisch hob ich eine Augenbraue. „Ach? Hast du vorausgeplant, dass dies passiert?“

Er grinste schelmisch und ich spürte, wie seine Finger sich unter den Saum meines Tops vortasteten. „Vielleicht ein bisschen gehofft.“

Ich beugte mich über ihn und hauchte ihm einen Kuss auf die Lippen. In letzter Zeit hatte ich mich so sehr an das Gefühl der bitteren Enttäuschung gewöhnt, jedoch kribbelte es bei jeder unserer Berührungen.

Als ein Mitarbeiter irgendwann die Tür aufschloss und uns ineinander verschlungen und nur halb bekleidet erwischte, fuhren wir wie zwei verliebte Teenager auseinander.

♥ ♥ ♥

Nach unseren zwei Stunden verließ ich die Umkleide mit einem breiten Grinsen und lief beinahe in Christoph hinein, der mit einem Tablett auf mich wartete. Ich konnte nicht sehen, was er gekauft hatte, die Teller waren mit Plastikhauben abgedeckt.

„Komm mit, aber lass dir nichts anmerken", meinte er leise und wir stiegen über eine Treppe hinauf aufs Dach. Ich vermutete stark, dass dies zu dem Gefallen gehörte, den das *Jump House* ihm noch schuldete. Ansonsten fiel mir keine Begründung ein, warum man einen Kunden auf die kleine Dachterrasse lassen sollte.

Der Platz war bis auf eine Decke völlig karg, dafür hatten wir hier oben eine herrliche Aussicht auf die Stadt zu unseren Füßen. Der Sonnenuntergang tauchte alles in ein rotgoldenes Licht, ließ Dächer blitzen und den Fluss in der Ferne glitzern.

Die Ecke, in die Christoph mich führte, stellte

sich als halbwegs windgeschützt heraus und ich ließ mich einfach zu Boden gleiten. Das Springen, Herumtoben und der Ausgang unseres Spiels hatten mich ganz schön geschlaucht und ich würde morgen am gesamten Körper Muskelkater klagen.

Unter den Schalen auf dem Tablett verstecken sich eine üppig mit Käse beladene Pizza, zwei Burger und eine Monsterportion Pommes. Mein Magen grummelte, als mir der Duft in die Nase stieg, denn das war genau das richtige Essen nach so anstrengendem Sport. Von Ernährungsplänen hielt ich nicht viel, zurückhalten für einen Mann, Blödsinn. Beherzt griff ich nach einem Stück Pizza und langte zu, während Christoph sich neben mir auf der Decke ausstreckte. Dem vielversprechenden Blick nach, als ich mir den Käse vom Finger ableckte, gefiel ihm dies auch.

„Du bist wundervoll", gestand Christoph.

Noch berauscht von dem abenteuerlichen Date, setzte ich mich mutig auf seinen Schoß, die Beine um ihn geschlungen und bot ihm ebenfalls ein Stück an.

„Und ich habe mich in dich verliebt", flüsterte ich, zweifelnd, ob ich es laut aussprechen sollte.

Eine Erwiderung blieb ihm mit einem Bissen Pizza im Hals hängen, sodass ich statt einer Antwort einen Hustenanfall erhielt, der schließlich in gemeinsamem Gelächter abebbte.

Im schwindenden Licht des siebenundvierzigsten Tages lernte ich zuletzt, dass unglaubliche Orgasmen nichts gegen das Gefühl waren, verbotenerweise auf dem Dach des Jump Houses über Christoph herzufallen.

Viel zu lange hatte ich auf meinen Nachtisch gewartet.

Tag 48

Es war bereits weit nach Mitternacht, als Christoph seinen Porsche in einer Einfahrt parkte. Nach dem Jump House hatte er mich noch in eine Bar ausgeführt, statt uns groß zu betrinken, hatten wir stundenlang geredet. Außerdem musste er noch fahren und ich wollte mich solidarisch zeigen. Aber in richtiger Gesellschaft versetzten einen sogar alkoholfreie Drinks in einen Rausch.

Im Dunkeln konnte ich nicht viel erkennen, außer dass die wenigen Häuser von großen Gärten abgetrennt wurden. Viele Nachbarn besaß man hier nicht, dafür umso mehr Platz. Christoph hatte uns raus aus der Stadt gefahren, doch meine Orientierung in den Vororten war begrenzt. Was sagte ich da, wenn ich nicht durch Zufall den Bahnhof fand, würde ich nie genau wissen, wo ich steckte.

Ehe ich mich versah, hielt Christoph mir die Autotür auf und half mir beim Aussteigen. Meine Sandalen trafen auf Kies und ich sah ein zweistöckiges Gebäude, dessen eine Seite von einer Glasfront beherrscht wurde.

„Hier wohnst du?“, fragte ich erstaunt.

„Japp.“

„Die Miete muss verdammt hoch sein.“

„Nicht zur Miete“, meinte er. „Das ist mein Haus.“

Über eine Fernbedienung verschloss er das Rolltor zur Einfahrt und schaltete die Beleuchtung auf dem Pfad ein. Christophs Zuhause war von einer hellen Farbe, die ich im Halbdunkel nicht völlig bestimmen konnte. Ein moderner Flachbau, der sich nach hinten raus in die Länge zog.

Für den Gedanken, dass er noch bei seinen Eltern wohnte, lachte ich mich jetzt innerlich aus. In wie vielen Punkten ich mich in Christoph doch getäuscht hatte, nur weil ich ihn in eine Schablone pressen wollte.

„Ich bin kein Milliardär, aber arm bin ich auch nicht“, scherzte Christoph, als er mein Staunen bemerkte.

Ich blinzelte verwirrt, verband nun die Hinweise, die mir der Porsche und nun dieses Haus gaben. „Das sieht man dir gar nicht an“, nuschelte ich.

Was er als Beleidigung verstehen könnte, ließ ihn schmunzeln. „So lautet der Plan.“

Schweigend folgte ich ihm die Auffahrt hinauf, wartete, bis er aufschloss und mich höflich hereinbat. Erneut nahm er eine Fernbedienung und schaltete dadurch die Lichter im Erdgeschoss an. Ich war mächtig beeindruckt, gleichzeitig passte diese Technikverspieltheit zu ihm. Bestimmt konnte er sein komplettes Haus über das Smartphone steuern.

Zunächst betrat ich in einen Eingangsbereich mit Garderobe. Christoph schritt vollkommen ungestört weiter, während ich mir unsicher die Schuhe abstreifte und meinen Mantel aufhängte. Fast zwei Monate kannte ich ihn nun, doch hätte ich nie mit so etwas gerechnet. Nicht mit so einem modernen und gewiss superteuren, kleinen Anwesen. Er war nur zwei Jahre älter als ich! Wahrscheinlich könnte er bei einem ganzen Haufen Frauen landen, wenn er seine Möglichkeiten deutlicher zeigen würde.

Aber ich stand hier wie angewurzelt, kein Haufen anderer Frauen.

Auf den Eingangsbereich folgte ein geräumiges Wohnzimmer mit einem großen Flachbildfernseher sowie gemütlicher Sitzecke und eine offene Küche schloss sich daran an. Wie schon auf der Auffahrt entdeckt, bildete eine gewaltige Fensterfront die Fassade. Eine Treppe führte hoch in die Galerie, von der man vermutlich einen herrlichen Ausblick genoss. Dennoch wirkte das Haus nicht protzig, sondern einladend. Ein gerahmtes Filmposter, mit Signatur der Schauspieler, ein mächtiger Ficus und ein Pooltisch, der vom Spielen ein paar Kratzer aufwies.

Erst das Geräusch, wie eine Flasche beim Öffnen ploppte, ließ mich zusammenzucken. An der Küchenzeile schenkte Christoph uns bereits Rotwein ein. Sogleich setzte ich mich zu ihm auf einen der Barhocker.

„Sollte ich mich auf teure Geschenke einrichten?“, scherzte ich im Gedanken an mein Lieblingsbuch. „Blackberrys und Audis?“

Christoph runzelte einen Moment die Stirn, bevor er meinen Scherz verstand. „Ein Blackberry würde ich dir nicht empfehlen“, meinte er trocken und reichte mir ein Glas.

„Deswegen“, ich machte eine ausladende Bewegung, „warst du so geknickt, als ich dich nicht interviewen wollte.“

„Du hättest dich nur gelangweilt“, erwiderte er spöttisch. „Mein Büro ist nicht halb so pompös.“

Verrückt, dass der einzige Kandidat, den ich immer konsequent von der Liste gestrichen hatte, sich als potenziell reicher Firmeninhaber entpuppte.

„Der Computerladen muss eine wahre Goldgrube sein“, mutmaßte ich neugierig.

Doch Christoph schüttelte den Kopf und fischte sein Smartphone hervor. „Apps.“

Jetzt war ich es, die die Stirn runzelte.

„Ich habe ein paar Apps entwickelt und programmiert“, erklärte Christoph. „Für den einzelnen Käufer sind die Preise nicht hoch. Auf ein paar hunderttausend Nutzer hochgerechnet, kommt schon etwas zusammen.“ Ich verschluckte mich vor Schreck an meinem Wein, woraufhin er schmunzelte. Wir mochten es anscheinend beide, Wichtiges anzusprechen, wenn der andere gerade trank oder etwas aß. „Nicht zu vergessen, dass sich einige Firmen um die Ideen gerissen haben."

„Warum hast du überhaupt den Laden?", fragte ich weiter. „Und gibst Kurse für Leute wie mich?"

„Weil ich nicht nur vor meinen PCs sitzen kann", stellte er scherzhaft fest. „Ich muss ab und zu mal raus in die echte Welt und Kontakt zu Menschen aus Fleisch und Blut aufnehmen."

„Alten Damen, die keine Ahnung haben, warum ihr Laptop nicht mehr funktioniert?"

„Sind das keine Menschen?", neckte er mich und trank lächelnd einen weiteren Schluck. „Ich bin nicht auf Aufträge angewiesen und kann Kunden ablehnen, die mir nicht zusagen. Eine entspanntere Variante gibt es wohl nicht."

„Das können nicht viele von ihrem Job behaupten." Ich liebte meine Arbeit in der Boutique. Wenn ich jedoch reich genug wäre, würde ich maximal einen Halbtagsjob anstreben oder am liebsten meine eigene Chefin sein.

„Du weißt nie, welch außergewöhnliche Menschen in deinen Laden spazieren", fuhr Christoph fort. Dabei schenkte er mir einen so intensiven Blick, bei dem mir gleich ganz heiß wurde. Am liebsten würde ich ihm wieder die Kleider vom Leib reißen.

Ich versuchte erst gar nicht hochzurechnen, was so mehrere Apps einspielen konnten. Denn derjenige, zu dem ich mich hingezogen fühlte, sollte mich mögen und nicht die Möglichkeiten, die das Geld bieten würde. „Meinst du mit diesem

Menschen mich?", wollte ich wissen.

„Zuerst dachte ich, du bist eine von diesen verzweifelten Frauen, die auf Millionärsfang sind. Aber du bist klug und witzig, manchmal herrisch und dann wieder liebenswert. Ich bin gern in deiner Nähe, selbst wenn wir nur versuchen den anderen auszukontern." Auf einmal grinste er schief. „Und eigentlich gebe ich keine Einzelkurse."

Er stieß mit mir an, ohne mich aus den Augen zu lassen. „Es ist nicht so, dass ich geizig bin. Kein Mann hält sich zurück, wenn er seiner Liebsten eine Freude machen kann. Dennoch sollte dies nicht zur Bedingung werden. Der Kerl in deinem Lieblingsbuch kauft sich praktisch diese Ana, weil er es halt kann. Eine nicht funktionierende Beziehung können keine aberwitzigen Geschenke retten."

„Was ist mit gutem Sex?", warf ich ein.

„Was bringt Sex am Ende des Tages, wenn man nicht miteinander reden kann? Einander vertrauen?", konterte er. „Sex kannst du heutzutage überall finden, da brauchst du nur in einen Club gehen. Oder in ein Bordell. Leidenschaft jedoch entflammt nur durch Gefühle füreinander."

Dieser Mann war noch viel außergewöhnlicher, als ich vermutet hatte. Bescheuert, dass ich Christoph für einen anfänglich fehlenden Funken in den Wind geschossen hätte. Dumm, dass ich auf Äußerlichkeiten und Statussymbole aus gewesen war.

„Ich wäre nicht abgehauen, wenn sich dies hier

als ein Ein-Raum-Miniappartement herausgestellt hätte. Ehrlich gesagt frage ich mich, was ich alles verpasst habe, weil ich deine ganzen Einladungen ablehnte."

„Also doch keine Mrs. Grey in 50 Tagen?", ärgerte er mich.

Kurz knabberte ich an meiner Unterlippe und sah so unschuldig wie nur möglich zu ihm hoch. Diese Technik hatte ich fast perfektioniert.

Schließlich winkte ich mit einem Lachen ab. „Tanja reicht völlig. Bei dir bin ich gerne einfach nur Tanja."

Da fiel mir ein, dass meine Sportasche zu meinen Füßen ruhte und ich holte die Überraschung heraus. Spontan hatte ich eines meiner Sextoys mit eingepackt, nur für den Fall.

„Komm her", ich lächelte verführerisch und wartete, bis er die Küchenzeile umrundete und vor mir aufragte. „Lass uns das nachholen, was wir verpasst haben." Mit einem Finger hob ich meine rosa Plüschhandschellen in die Höhe.

Christoph grinste und streckte ergeben die Arme aus. „Jede Menge aufregenden Sex?"

„Wenn du mit mir mithalten kannst."

„Keine Sorge. Auch ohne Fesseln wärst du mir nicht entkommen", flüsterte er und sein warmer Atem kitzelte mein Ohr.

Ich rastete die Handschellen um je eines unserer Gelenke und zog ihn sanft mit mir. Meiner Vermutung folgend, dass sein Schlafzimmer im oberen Stockwerk war, erklomm ich die Treppe. Er blieb dicht hinter mir, und obwohl ich ihn nicht berührte, spürte ich seine Anwesenheit. Mit seiner angenehmen Wärme hielt er mich gefangen, sodass ich mich beinahe nach hinten gelehnt hätte.

„Tanja?“, fragte Christoph plötzlich. „Hast du die Schlüssel dabei?“

„Mist!“

Ende.

Danksagung

Erst einmal geht ein großes Dankeschön an meine Testleserin Nummer 1, Sabine, die sich immer meinen vielen Fragen stellen muss. Sowie Jenny, Britt, Sandra, Natascha, Ina, Astrid, Yasmin und Sabrina, die dieses Werk ebenfalls unter die Lupe genommen haben. Danke für eure Meinungen, E-Mails und all die Fehlerteufel, die ihr noch ausgetrieben habt.
Und an dieser Stelle möchte ich ebenfalls Phil und seinem Papa danken - meine Computertechniker, die mir immer mit Rat und Tat zur Seite stehen und die Notfallrettung übernehmen. Danke, dass ihr schon x-mal PC, Laptop, Blog, ... gerettet und wieder zum Laufen gebracht habt. Ich gebe mir weiterhin Mühe, Fehler heraufzubeschwören, die so eigentlich gar nicht auftreten sollten.
Also, wenn ihr in oder in der Nähe von Berlin lebt und ebenfalls Hilfe braucht: www.pc-doc-on-tour.de
Wobei Phil selbst schon vom Markt ist. ;)

LIEBER LESER, LIEBE LESERIN,

danke, dass du meinen Roman gelesen hast!

Wenn dir Tanjas Abenteuer zur Mrs. Grey Spaß gemacht hat, würde ich dich bitten, meinen Roman weiterzuempfehlen und eine Rezension zu schreiben. Gerade als neuer Autor ist es schwer, Fuß zu fassen, daher würde ich mich über deine Unterstützung freuen!

Alles Liebe und bis bald

Cassandra

Berlin, August 2015

WEITERE TITEL VON CASSANDRA DAY

Verlockende Spiele
146 Seiten
ISBN: 978-3943406474

Mia hat längst aufgegeben, den richtigen Partner zu finden, bis sie zu einem Speed-Dating-Abend gezwungen wird und Robert sich zu ihr setzt. Charmant und unglaublich attraktiv, fühlt sie sich gleich zu ihm hingezogen. Doch dann weckt Robert ihr Verlangen nach einem erotischen Abenteuer, einem Spiel, das Mias geheimste Sehnsüchte erfüllen soll.

Erhältlich als E-Book sowie als Taschenbuch.

Spiel mit mir
126 Seiten
ISBN-978-3-943406-48-1

Wie viele ihrer Kolleginnen schwärmt auch Rosa für den attraktivsten Mann ihrer Abteilung: Lennart. Ihn nur einmal zu küssen oder gar mit ihm zu schlafen, wäre ein Traum, doch Lennart schenkt der zurückhaltenden Rosa keine Beachtung. Bis ihr bester Freund die beiden zu einem Spieleabend einlädt. Was als harmlose Party beginnt, endet mit einer erotischen Erfahrung, die Rosas Gefühle komplett durcheinander wirbelt.

Erhältlich als E-Book sowie als Taschenbuch.

13594975R00129

Printed in Poland
by Amazon Fulfillment
Poland Sp. z o.o., Wrocław